김승환의 듣기여행

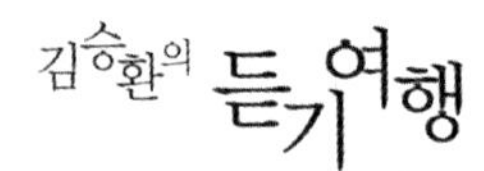

김승환 지음

1판 1쇄 발행 | 2014. 2. 19.

발행처 | **Human & Books**
발행인 | 하응백
출판등록 | 2002년 6월 5일 제2002-113호
서울특별시 종로구 경운동 88 수운회관 1009호
기획 홍보부 | 02-6327-3535, 편집부 | 02-6327-3537, 팩시밀리 | 02-6327-5353
이메일 | hbooks@empal.com

값은 뒤표지에 있습니다.
ISBN 978-89-6078-174-0 03810

김승환의 듣기여행

서길원 박재동 한홍구
안경환 정혜신 안도현

김승환 지음

Human & Books

일러두기

- 각 챕터 말미에 대담 현장을 볼 수 있는 QR 코드가 있습니다. 링크된 동영상을 통해 대담자의 육성을 들으실 수 있습니다.
- 곡 명, 프로그램 명, 단일 작품의 제목 등은 〈〉로, 단행본 형태로 출간된 도서의 경우 《》로 표기하였습니다.
- 가급적 대담의 표현을 그대로 기술하였으나, 어구와 문구의 차이로 인해 의미 전달이 불명확한 부분에서는 내용의 정확성을 기하기 위해 일부 첨언을 하였습니다.

차 례

Prologue

1

개인의 영역이라고는 거의 허용되지 않는 교육감으로서 4년, 적지 않은 시간이 지났다. 일이 빠져나가면 기다렸다는 듯 새로운 일이 첩첩이다. 이래저래 공직(公職)이란 썰물은 없는, 끊임없는 밀물과의 싸움이다. 모든 일들은 결국 사슬처럼 촘촘한 사람과의 만남을 전제로 한다.

일이 밀물이라면 공직자로서 만나는 사람의 그물(網)은 마치 밀물을 만들어내는 '달의 인력(引力)'과도 같다. 그 '인력(引力)'은 인력(因力)이기도 하고 인력(人力)이기도 하다. 역사의 모든 거대한 흐름을 만들어내는 '원인'이 되는 힘은 바로 '사람'의 힘이다. 그런데 사람의 그물은 들기도 쉽거니와 나기도 쉽다. 사람과의 관계에서 들고 나는 것, 이것을 교류라고 본다면 빠질 수 없는 것이 '말'이다.

말은 '목적어'이다. 말을 하는 것이고 말을 듣는 것이다. 더욱이 공직으로 밀려드는 밀물을 감안한다면 한 기관의 장(長)에게 말은 차라리 듣는 것이어야 한다.

듣지 않는 장(長)의 존재는 비단 그 조직만이 아니라 사회 전체에 심각한 위기와 갈등을 불러올 수 있음을 목격하고 있으며, 그 첨예함이 갈수록 사나워지고 있다. 장(長)이 뱉은 '한마디의 말'이 날카로운 비수가 되어 모든 평범한 사람들의 그물을 왼쪽과 오른쪽 둘로 찢어 버릴 수 있음을…….

권력의 정점에서 하달하는 말로 인해 많은 이들이 안녕하지 못한 시대, 우리는 '강제된 상실의 시대'를 살아내고 있다. 시절은 하수상하고, 겨울은 더욱 추워지고 있다. 항상 그렇듯 겨울은 대개의 평범함에 대해 가혹해지는 시기이다.

법학자로서 그리고 교육감으로서 나는 많은 말을 하며 살아왔다.

나는 늘 정제된 언어와 체계 잡힌 논리로 말하고 설득하는 것에 자신이 있었다. 그러나 어느 시점부터인가, 그 언어와 논리의 반복을 느끼고 있었다. 타인은 몰랐을지 몰라도 나는 사실 조금 조급해지고 있었다. 수없이 해왔던 그 발화(發話)의 과정은 점점 언어에 대한 갈증이 깊어져 가는 과정이 되어 버렸다.

교육감 취임 이후 나를 지지해 준 고마우신 분들에게서 '소통하지 않는다'라는 끊임없는 지적을 받는 것이 편한 일일 수는 없다.

나는 알고 있었으나, 한편으론 수긍하지 않은 적도 많았다는 것을 털어놓는다.

'당신들이 나를 불러내지 않았는가.' 이런 설핏한 호기(豪氣)를 마음 한구석에 쌓아 두기도 했었다. 언제 그 호기가 나를 잠식해 버릴지 모를 일이다.

한 단체의, 그것도 사람과 국가의 미래에 대한 막중한 책임을 지고 있는 도교육청의 장(長)이 그렇게 잠식되어 버린다면 그 폐해의 정도는 형언하기 어려울 것이다.

삶이 스산한 시절, 평범함이 시련을 받는 계절인 지금에서야 '동시대'를 살아내고 있는 이에게 듣는다는 것이 얼마나 중요한 일인지를 깨닫는다. 지금의 나에게 필요한 것은 부름을 받고 말하는 것이 아니라 '청컨대 여쭙는' 것이다.

듣는다는 것은 나를 비워내고, 비워낸 자리를 새로운 무엇인가로 채우는 것이다. 모든 인간과의 관계 역시 그 '듣는다'에서 시작되는 것임을 절감한다. 타인의 말을 듣지 않고 자신의 말을 하는 것은 '권위주의'의 가장 극명한 모습이다.

'듣지 않으면 말해선 안 된다. 아니, 말할 수 없다.' 그러므로 나는 들어야 했다. 다시 말하기 위해서.

2

나는 여행을 좋아하는 편이다. 아들과 딸이 어렸을 땐 방학 기간을 이용해 가족 여행을 즐겼다. 독일 트리어(Trier)에서 객원교수로 머무르던 시절, 직접 운전하면서 독일을 비롯해 유럽의 14개 국가를 가족과 함께했던 그 기억이 가장 짙다.

그런데 교육감이라는 자리는 쉽게 여행의 시간을 낼 수 있는 자리가 아니었다. 그래서 조각 시간이라도 나면 혼자 운전을 하곤 한다. 차량 통행도 별로 없고 사람도 보이지 않는 곳, 가끔은 띄엄띄엄 서 있는 집들에서 새어나오는 불빛이 있는 그런 곳을 찾아 운전을 하면, 눈물이 나도록 편안하다. 살아 있다는 느낌이 든다.

그럼에도 불구하고 나는 닫힌 공간이 오히려 더 익숙하다. TV 시사토론 진행자 시절부터 나는 그 닫힌 공간에서의 대담을 몸에 익혀 왔다. 그 공간은 나의 홈그라운드였다. 교육감 취임 후 간부들과 간혹 논쟁이 벌어지던 집무실도, 교육위원회 위원들과 불가피하게 부딪쳤던 도의회도 닫힌 공간에 가깝다.

이런 상황에서 나름 열린 공간을 지향하는 곳은 SNS였다. '익명의 열림' 속에서 유영하던 나는 또 어느 샌가 그 '열림 속에 갇혀' 있었다.

이제 자의건 타의건 닫힌 그 공간을 열어 젖혀야만 하는 시기가 되었음을 느낀다. 온몸으로 시대의 역행을 막아내는 분들과 '같이' 발을 딛는 것, 그것이 열린 공간을 향한 첫걸음이다. 지금의 여행은 '나'의 여행이기도 하지만, 형형한 눈빛을 지닌 선생(先生)에게서 듣는 '시대'의 여행이기도 하다.

자연이라는 열린 공간, 산이 주는 통찰과 물이 주는 인내를 온전하게 통절할 능력이야 없겠지만, 평소 존경하는 분들을 그 공간에서 '청컨대 여쭙는' 것만으로도 나에게는 '개안(開眼)'이 될 것이라 믿는다.

나는 늘 어떤 '공간'을 만들어 왔지만, 실상은 그것이 '자연'과 '역사'라는 시공간 안이라는 것을 확인하기 위해 나는 길 위에 섰다. 그동안 나는 '절대 고독'이라고 주장해 왔지만, 나에게 날선 애정을 주는 벗들은 '독단'이라는 진단을 내려 주었다. 그것이 나를 '생채기' 낼 것이라는 애정 어린 경고를, 애써 외면해 온 것도 사실이다. 곁을 허락해 준 여섯 분에게 깊은 감사를 드린다.

이분들과 함께 걷는 새로운 여정이 나를 '진정성 있는 방향'으로 인도하리라. 그 기분 좋은 믿음과 설렘, 긴장이 내 어깨 위에 내려앉는다. 묵혔던 신발을 꺼내 새로이 끈을 맨다.

01

전라북도교육감 김승환이
보평초등학교 교장 서길원에게
"교육"에 대하여
듣기를 청하였더니,

서길원이 "혁신"이라고 답하다

어둠 속에서도 메타세쿼이어의 튼튼한 줄기들은 하늘로 향한다

–먼저 신발 끈 고쳐 맨 이에게 길을 묻다

토요일 오후, 날씨는 내내 꾸무럭했다. 하지만 몸과 마음은 더없이 가벼웠다. 일에서 해방되어 자연과 자유를 즐길 수 있다는 '풀어짐'이 나를 가볍게 했다. 더욱이 오늘 동행할 이는 평소 꼭 만나고 싶었던 이다. 까마귀도 고향 까마귀는 반가운 법이라는데, 혁신학교 분야에서 일가를 이룬 그는 우리 집 근처 익산 왕궁이 탯자리이다.

우리나라에서 혁신학교를 말할 때, 서길원이라는 이름 석 자를 빼놓고 말하기 어렵다. 그는 평교사로 근무할 때 혁신학교의 태동을 알렸고, 현재는 보평초등학교 교장으로 근무하면서 혁신학교의 전령사로 활약하고 있다. 혁신학교를 통해 우리나라 학교의 본질을 되찾게 한 이다.

EBS 〈선생님이 달라졌어요〉 프로그램을 통해서 이미 전국적인 인물로 자리매김했고, 얼마 전에는 혁신학교 리더십 특강을 위해 전라북도교육청을 방문하기도 했다.

예정 시간이 조금 지나서 서길원 교장선생님이 나타났다. 반가운 악수와 차 한 잔을 나눈 후, 함께 길을 나섰다. 진안군 장승면 내동리. 막 물들기 시작한 메타세콰이어 길이 넥타이까지 풀어 헤친 두 나그네를 반겨 주었다. 가을 초입의 산들바람이 머릿속을 씻겨 주는 것 같았다. 하늘 높이 이등변삼각형으로 힘차게 뻗은 메타세콰이어는 성처럼 든든했다. 휘어짐이 없었고 서로의 살을 맞대, 빈틈이 없었다.

그 아름다움에 취해 우리의 산책은 쉬 앞으로 나아가지 못했다. 우리뿐만이 아니었다. 달리던 차에서 내려 셔터를 눌러대던 이들의 웃음소리가 여기저기서 들려왔다.

진안에 자주 오면서도 이런 길을 몰랐다니……. 장승초등학교로 걸어가는 내내 우리는 메타세콰이어의 기운을 담뿍 받았다. 자연은 사람의 마음을 열어 주는 힘을 갖고 있다. 덕분에 이야기의 실타래가 술술 풀렸다.

지켜보는 것도 사랑이다

김승환(이하 김) 사람은 기능적이고 기계적 존재가 아니라 의식적인 존재라는 것, 그 점이 우리들이 살고 있는 공동체의 출발점이자 교육의 출발점이라 생각합니다. 교장선생님은 교육의 출발점이 무엇이라고 생각하십니까?

서길원(이하 서) 저 역시 "사람이 길이다"라는 철학을 가지고 살고 있습니다. 이 때문에 교육감님도 많은 고민과 갈등이 있을 거라 생각됩니다. 힘드신 일도 많을 것 같고요. 이 자리가 치유의 시간이 되길 바랍니다.

'치유의 시간'이라는 소리를 듣는 순간 편안해지는 걸 느꼈다. 좋은 말씀 듣겠다고 청한 만남이지만 사람이 어디 그런가! 내 얘기에 고개 끄덕여 주고 손뼉을 쳐주겠다는 상대가 있다면 이보다 더 좋은 치유는 없을 것이다.

교육감이 되어서 평생 처음으로 썼던 단어가 '절대 고독'이었다. '교육감 직이 상당히 힘들 거야' 하고 위로의 말을 건네는 이들은 많았지만, 정작 그 고독과 상처에 대해 깊숙이 말 걸어준 이는 극

히 드물었다.

아니다. 있었다. 힘들 때마다 나를 감싸고 일으켜 세워준 것은 언제나 우리 아이들이었다. 아이들에게서 맑고 건강한 에너지를 받은 덕분에 여기까지 왔다.

김 그런데 일하면서 상처도 받지만, 그 상처가 나쁜 것만은 아니더라고요.

서 그럼요. 우리가 상처를 두려워하는데요, 우리 삶이란 게 상처를 받고 그 상처를 딛고 일어나서 또 다른 길을 만들어 가는 것, 그 과정 자체가 아니겠습니까? 그것이 희망이고 도전인데……. 요즘 우리 학생들이 많이 그랬으면 좋겠는데, 상처를 못 이겨내고 아파하는 아이들이 많아요. 그런 모습을 보면 참으로 안타깝습니다. 여기 보이는 작은 나무나 풀들도 다 비바람을 맞으며 크지 않습니까? 일어나고 또 일어나면서 큰 생명력을 키우는데, 학교는 시들고 지쳐 가는 아이들을 위해서 무엇을 해주고 있는지, 정말 오늘날 학교는 무엇인지 묻고 싶습니다.

김 교실에서도 아이들을 그대로 바라봐 주기, 기다려 주기가 필요한 것 같습니다.

서 네, 그렇지요. 교사가 아이들 앞에 설 때 교사의 기준으로 보지 않고 아이들 눈으로 바라본다면, 교사 스스로도 훨씬 자유로워질 겁니다. 교사가 자꾸 교과서와 점수만 바라보니 아이들을 보지 못하고 줄을 세우는 교육을 하게 되지요. 제가 선생님들에게 많

이 드리는 말씀이 "놓아라"입니다. 그런데 이런 말씀을 드리면 몇몇 분들이 제게 또 이런 말씀을 합니다. "매나 벌점 판이나 점수를 아이한테서 내려놓는 게 참 두렵다", "내가 그런 걸 놓으면 아이들이 무질서 속에 살아가는 게 아닐까" 하는 생각 때문에 참 어렵다고들 하십니다.

그래서 '교사들에게 이것을 내려놓을 수 있는 용기를 어떻게 줄 것인가'가 상당히 중요한 의제라는 생각을 합니다. 사회가 급박해져 가니까 이것도 해야 할 것 같고 저것도 해야 할 것 같고, 오랫동안 몸에 배인 것, 또 새로 배운 것들을 쉽게 못 놔요.

교사가 스스로 새로운 경험을 하고 '내려놓기'에 대한 자유로움과 즐거움을 느끼게 된다면 그 용기가 생길 텐데요.

김 제가 자전거를 중학교 2학년 때 배웠는데, 자전거 잘 타는 선배가 뒤에서 밀어 줬어요. 그런데 한참 달리다 보니까 선배가 손을 놨더라고요. 나중에야 저 혼자 스스로 타고 있었다는 것을 알게 됐지요. 뒤에서 잡아 줬던 선배는 가다가 넘어지더라도 놔야겠다고 생각했답니다.

서 맞아요. 자전거 타는 사람은 누가 나를 지켜 주고 있다고 생각하면서 계속 가고, 밀어 주는 사람은 혼자 갈 수 있을 거라 믿고 놓아 주었네요. 학교도 그러면 참 좋을 것 같습니다.

우리 학교에는 자녀를 과잉보호하는 부모가 있습니다. 아이를 학교 교문 앞까지 데려다 주고도 모자라 아침 뽀뽀까지 해주고 나서 학교로 들여보내지요. 제가 그래서 학부모 총회 때 이런 이야기를 한 적이 있습니다. 우리는 애를 성장하도록 하는 것이지, 애완동물을 기르는 것이 아니라고요. 아이들이 넘어지고 그럴 수도 있는 건데 지나친 친절은 사랑이 아니라 두려움이라고요. 사랑하면 아이들을 좀 놔줘라, 지켜보는 것도 사랑이다, 라고 말했어요.

김 시행착오는 아이들의 특권 아니겠습니까?

서 그렇죠. 시행착오를 많이 한 아이들이 나중에 커서 큰 지도자가 되거나 했을 때, 실수를 최소화하는 거죠. 어른들도 그런 두려움에서 자유로운 사람이 자식을 훌륭하게 키울 것 같습니다. 어른은 도전하지도 않고 시행착오를 두려워하면서 아이들에게 꿈을 가지고 도전을 하라고 하면 되겠습니까?

요즘 저도 교사로서 많은 고민을 합니다. 교육 과정, 수업 이야기 많이 이야기하는데 '이걸 꼭 이렇게 해야 할까, 그냥 놔두면 안 될까' 하는 생각을 합니다. 어른들이 세운 구조나 어떤 틀 속에 아이들을 집어넣는 게 수업이고 교육 과정일까요? 인성과 영성, 감성이 살아 있는 아이들이 되기 위해서는 어떻게 해야 할까요? 형식화된 교육 과정 말고 잠재된 교육 과정 말입니다. 교사 스스로에게서 뿜어져 나오는 삶의 향기가 아이들에게 비춰져서 저절로 배우고 느끼는 교육이 어떻게 가능할지 말입니다. 이런 면에 대해 우리의 고민이 좀 더 커져야 되지 않을까 하는 생각을 하면서 오늘 이 자리에 왔습니다.

김 거꾸로 교사들도 아이들의 존재 자체, 아이들에게서 나는 삶의 향기, 그것을 확실히 받으면서 성장하지 않나요?

서 네, 그렇지요. 저도 아이들한테 감동 받을 때가 있어요. 교사가 아이들에게 가르치는 과정에서, 그 관계에서 치유도 받고 배우기도 합니다. 모든 게 함께 이뤄지는 것 같아요. '내가 아이들에게 사랑을 준다' 그것이 아니구요. 서로 사랑을 받으면서 성장하는 거지요.

제가 혁신학교를 하면서 얻은 가장 큰 기쁨이라면 아이들과 교사가 함께 치유되고 함께 성장하고 함께 행복하다는 느낌을 늘 갖게 되었다는 것입니다. 그래서 인본과 인성이 교육의 중심으로 돌아와야 한다는 것은 절대적입니다. 지금 학교 교육의 몰락이나 위기를 가져온 것은 이런 것들에 대한 이해 부족에서 시작되지 않았나 싶습니다. 수업 방식은 예전에 비해서 엄청 발달되었잖습니까. 결국 수업 방식이 문제가 아니라, 근본 출발점이 잘못된 것이지요.

김 역사상 수많은 이데올로기가 나왔다 들어갔다 했는데, 어떤 이데올로기든 사람을 중심에 놓지 않으면 다 사라질 수밖에 없다는 것이 역사적 교훈이지요.

서 새로운 세상을 만들자 하는 분들의 가치가 너무 크고 그것을 지나치게 주장할 때, 그것으로부터 파생되는 갈등과 상처도 큰 것 같습니다. 무엇이든 인본적인 운동이 되어야 하는데요. 이를테면, 새로운 것을 설파할 때 가장 먼저 해야 할 것이 내 가까이 있는 사람들에게 따뜻하게 손 내밀며 잡아줄 수 있는 여유로움에서부터 시작해야 하는 것 같습니다. 저의 지난날을 반성해 보면요, 저의 독설들이 어떤 이들에게는 희망이 되기도 했지만, 또 어떤 이들에게는 많은 상처가 되었겠다 싶어 부끄럽습니다.

김 그 말씀에 전적으로 공감합니다. 좋은 의도에도 불구하고 내가 타인에게 상처를 줄 수도 있다고 생각하며, 누구에게라도 겸허하게 대해야 하겠지요.

서 저는 속으로 철든 게 나이 오십에 들어섭니다. 사람에 대한 그런 생각을 많이 갖게 된 거죠. 그래서 요즘 여유로워졌어요. (웃음) 기다림의 여유도 생겼고요. 그런 생각들이 들어서 기뻐요. 아이들도 예쁘고 선생님들도 더 사랑스럽게 느껴지고요. 일은 많아졌는데 여유가 더 많이 생겼습니다.

이야기를 주고받다 보니 어느새 길 끝에 이르렀다. 우릴 놓아 주지 않던 안개는 기어이 보슬비로 변했다. 마을에 들어서니 새로 지은 집 몇 채가 보였다. 모두 새로 장승초등학교 학부모가 된 이들의 집이다. 학부모들은 전주로 출퇴근을 한다. 자녀 교육을 위해 이곳에 새로운 둥지를 마련하고 어른들이 불편을 감수하고 있다. 마을이 이주민 끌어안기에 적극적이라는 생각이 들었다. 길을 가던 이장님을 만났다. 서길원 교장선생님이 마을에 대해 먼저 물었다.

신덕마을에서는 입주 공간이 부족하자 마을회관을 이주민에게 내주었다.

서 이장님, 진안에 이렇게 자랑스러운 학교가 생겨서 마을이 날로 유명해지는 것 같습니다. 손님도 많이 오고요. 동네에 생기가 넘치겠어요.

이장 네, 초등학생들이 많아서 활기찹니다. 초등학교 다니는 애들이 우리 손자 또래거든요. 자전거 타고 뛰어노는 모습을 보면 내 손자를 보는 것 같아 뿌듯합니다. 아이들 덕분에 쓰러져 가던 마을이 살아나고 있어요.

김 우리나라 부모들은 자식 교육에 필요하다는 판단이 서면 자식들을 위해 굉장히 소중하게 생각하는 것도 팽개치고, 심지어 부부가 생이별을 하는 경우도 있습니다. 자식 교육 때문에 기러기 부부로 사는 나라는 우리나라뿐일 겁니다. 그런데 여기에 계신 분들은 거꾸로 도시를 버리고 벽촌으로 들어오신 거네요.

서 오신 분들은 낯선 동네에 적응하는 게 괜찮아요?

이장 제가 이주해 온 젊은 사람들에게 하는 얘기가 있습니다. 시골 정서는 어른들한테 인사만 잘하면 착하고 인성 바른 사람으로 아니까 우선 인사부터 하세요, 라고요. 오가며 인사만 잘해도 빨리 가까워지거든요. 인사만 잘해도 가정에서 교육을 잘 받았다고 판단을 합니다.

김 그거 하나로 앞서 잘했건 못했건, 모든 게 사라지지요. (웃음)

따뜻한 차 한 잔을 대접받고 밖으로 나왔다. 마을 끝에 새로 둥지를 튼 학부모의 집을 둘러보기로 했다. 아이들 학교 때문에 이주를 해온 다섯 가구가 옹기종기 모여 있었다. 학부모들은 아이들을 데리고 주말 캠핑을 떠난 탓에 강아지들만 컹컹 우리를 반겼다. 아이들의 것으로 보이는 운동화 몇 켤레가 몸을 말리고 있는 게 보였다. 마당에는 모과나무가 모과 몇 알을 품고 빗물을 오롯이 받아냈다.

2012년 교육부에서는 내게 진안 장승초, 임실 대리초, 정읍 수곡초, 세 학교의 학부모 140명을 학구 위반으로 전부 검찰에 고발하라는 지시를 내렸다. 거부했다. 세 학교의 교장을 중징계하라고 했는데 그것도 거부했다. 이 이야기를 서 교장에게 하자 기가 찬 듯 웃었다.

"학교 선택권은 헌법적으로 보장된 권리입니다. 현행법에도 이것은 당연히 학교장 권한이기도 하고, 학부모의 학습 선택권에도 해

당됩니다. 그렇게 해석하면 경기도에 있는 자율학교도 전부 법률 위반입니다. 도대체 누굴 위한 정부인지……."

교실 안에서 상상력을 펼치게 하라

장승초등학교는 2010년 전교생이 13명이었고, 그중 6명이 6학년이었다. 6학년이 졸업하면 남는 학생은 7명, 신입생이 몇 명이나 될지 전혀 앞이 보이지 않는 상태였다. 도교육청의 지원은 거의 중단된 상태였다. 문을 닫을 날만 기다리는 그런 학교였다.

그런데 2010년 7월 1일 취임 직후, 이 학교 교사들의 요청으로 만남의 자리가 마련되었다. 교사들은 정말 진지했다. 학교를 제대로 만들어 볼 테니, 지원을 해달라는 것이었다. 먼저 2011학년도부터 시작하게 될 혁신학교로 장승초등학교를 지정해 달라고 했다. 사라지기 직전의 학교를 혁신학교로 지정한다는 것이 가능한 일일까? 상식적으로도 맞지 않는 일이었다. 더욱이 학교가 없어진다고 해서 교사들의 지위에 문제가 생기는 것도 아니었다. 자신이 원하는 곳으로 자리를 옮기면 그만이었다. 그런데 그들은 학교를 되살리는 일에 강한 집념을 드러내고 있었다.

왜 그럴까? 만남이 거듭되면서 장승초 교사들의 진정성이 느껴졌다. 교사들의 경륜에 비추어 볼 때, 뭔가 가능성을 붙잡고 말하는 것이라는 생각이 들었다. 한번 해보자는 결심을 하고, 혁신학교 선정위원회로 하여금 면밀하게 적정성 검토를 해보도록 했다. 심사 결과는 '적정'이었다.

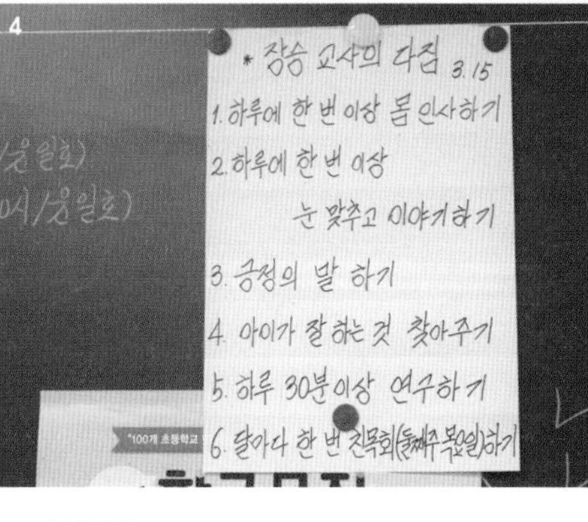

1 장승초등학교.
2–4 장승초등학교 교실의 다양한 풍경들.
5 교무실 안에 설치된 부화실.

학교 변화의 바람은 그 다음 해인 2011년부터 일어났다. 아이들이 모여들기 시작했다. 당장 낡은 학교 건물을 리모델링해야 하는 숙제가 생겼다. 시설과와 예산과에 교사 증·개축 공사를 검토하도록 했다. 어차피 하는 일, 제대로 지원하라고 했다.

그러나 초반부터 삐걱거렸다. 시설과와 교직원들 사이의 의견 차이에서 비롯된 것이었다. 객관적으로 명백히 잘못된 것이 아니라면 교직원들의 의견을 최대한 반영하라고 다시 시설과에 요청했다. 학부모들의 참여도 이루어졌다. 마침 학부모 중에는 토목 전문가도 있었는데, 이분이 명예감독관으로 일했다. 설계 단계에서부터 시공의 모든 과정에 학부모의 의견이 반영되었다. 공정의 중간 중간에 공정진행회의를 개최했다. 어른들의 일에 아이들도 기웃거리기 시작하더니, 급기야는 아이들도 의견을 내놓았다.

"교실에 다락방을 만들어 주세요."

공사에 참여한 이들은 모두 황당한 표정을 지었다고 한다. 하지만 아이들의 의견은 이내 받아들여졌다. 다락방이 달린 교실! 전무후무한 명품 교실의 탄생은 이렇게 이루어졌다. 전북의 혁신학교를 움직이는 가장 핵심적인 동력은 학교의 본질을 회복하고자 하는 교사들의 열정이었다.

그렇다면 남한산초등학교를 일으켜 세운 동력은 무엇일까? 남한산초등학교는 우리나라에서 혁신학교의 아이콘으로 통할 정도로 유명하고, 학교의 건강성에 대해서 누구도 의심할 수 없는 학교로 우뚝 서 있다. 남한산초등학교를 떠받치고 있는 힘은 무엇일까?

김 영국 헌법의 아버지라고 불리는 알버트 벤 다이시(Albert

장승초등학교의 다락방이 달린 교실.

Venn Dicey)는 "우리의 헌법은 만들어지는 것이 아니라 생성되는 것이다"라는 말을 했습니다. 혁신학교도 마찬가지인 것 같습니다. 완주 삼우초도 그렇고 정읍 수곡초나 임실 대리초도 그렇고요. 사전에 기획되어 만들어진 것이 아니라, 생성되어 나온 학교라는 생각이 듭니다. 자연스럽게 물길이 열리면서 생성된 학교이지요.

서 네, 맞습니다. 기존의 틀이 있어서 붕어빵처럼 만들어지는 것이 아니라 구성원들이 좀 더 나은 걸로 만들거나 꾸며가며 그들이 주인이 되어 가는 학교입니다. 작은 학교인데도 대단한 자부심들이 있습니다.

김 남한산초등학교는 이제 대한민국 혁신학교의 아이콘이 되

었습니다. 그 중심에 서 선생님이 계셨구요. 평소에 궁금한 게 있었어요. 무엇이든 출발점이 중요하잖아요. 남한산초등학교의 혁신은 어떻게 시작되었는지 듣고 싶습니다.

서 그러니까 '우연'에다가 의미를 부여하면 '필연'이 된다잖아요. 자연스러운 생성 과정이 있었던 것 같습니다. 먼저 시작할 당시 세 상황을 좀 말씀드리겠습니다. 제가 전교조 경기도지부에서 활동을 했었습니다. 제도가 바뀌면 학교가 바뀔 거라는 생각을 하면서 열심히 했습니다. 그런데 교권 보장 이상을 못 넘어섰어요. 그것이 학교를 바꾸는 건 아니더라구요. 교사의 권익 보장만으로는 해결되지 않는 딜레마가 저에게 있었습니다.

그러던 어느 날, 한 학부모님으로부터 전화가 왔습니다. 남한산초등학교라는 학교가 있는데 학생들이 26명 정도 있고 폐교 직전이다, 거기 함께 갈 의향이 있느냐는 내용이었습니다. 학교 개혁, 교실 개혁에 관심도 있고 기존 학교에 염증을 가지고 있는 교사들과, 기존의 틀을 깨고 아이들을 자유스럽게 키우고 싶은 학부모가 결합되면서 시작하게 된 것이지요. 교장선생님과의 관계도 수평적으로 될 수는 없는가, 이런 생각을 하면서 교장선생님께 제 의견을 전달했습니다. 그런데 교장선생님께서 '검은 고양이, 흰 고양이 뭐가 중요하냐? 잘만 가르치면 되는 것이지. 나는 아이들을 한 줄로 세우는 걸 원하지 않는다'고 대답해 주셨습니다. 모든 게 다 맞아떨어졌습니다. 교장, 교사, 학부모.

그러면서 새로운 실험이 시작되었습니다. 처음에는 수업 내용이 많이 거칠었습니다. "교과서를 내려놓고 세상 밖으로!" 이렇게 말하면서 기존 교과서 틀을 바꿔 보자고 했지요.

그런데 여기에서 가장 중요한 것은 '맡겨 주고, 믿어 주고, 해봐라,' 이거였습니다. 인센티브가 있는 것도 아닌데 밤 새워 일하고 토론했어요. 열정이 살아나니까 모든 어려움을 다 이겨낼 수 있었습니다.

시설도 낡고 지원도 없었지만 학부모, 교사가 함께 일하면서 들어내고, 칠하고, 닦았습니다. 산길도 만들어서 아이들과 산책하러 다니고요. 학부모, 교사가 같이하니까 학교가 조금씩 알려졌습니다.

위에서 내려오는 방식이 아닌 전혀 다른 길로 가는 데 관심을 갖는 교사들이 있잖아요. '어, 이게 되는구나. 우리도 해보자' 하면서 사람들이 새로운 길을 열기 시작한 것이 아닌가 싶습니다. 아까 만들어진 틀이 아니라 생성이어야 한다고 말씀드렸는데, 법률하시는 분도 똑같이 말씀하셔서 굉장히 인상적이네요.

김 남한산초등학교가 세상의 주목을 받던 초기 시절 모습과 지금의 모습은 또 달라져 있겠죠?

서 네, 다르죠. 처음에는 왕따였죠. 교장선생님은 외부로 나가면 다른 교장선생님들로부터 선생님들한테 휘둘린다는 비아냥을 들어야 했습니다. 교육청 관계자들도 안 좋은 시선들로 바라보았고요. 저희 교사들도 교장선생님 괴롭히는 교사라는 말을 들어야 했습니다. (웃음) 하지만 저희는 그런 말들에 귀 기울이지 않았습니다. 저희는 서로 대립적인 관계이기보다는 공동체적인 관계로 지냈습니다. 교장선생님께서는 일하는 교사를 참 많이 챙겼어요. 저희도 교장선생님이 밖에 나가서 당당해질 수 있도록 어떻게 하면 좋을까 고민했습니다.

'내가 옳다, 네가 그르다'가 아니라, 아이들을 마음에 두고 서로 신뢰하면서 나갔습니다. 우리가 뭘 하다 보면 상황을 탓하잖아요. 학부모는 시설을 탓하고, 교사는 교장을 탓하고, 교장은 교사를 탓하고. 우린 그걸 넘어선 겁니다. 서로를 믿었더니, 탓하는 마음이 사라진 것이지요.

김 남한산초등학교가 건물과 시설이 변한 게 아니라 사람이 변했다, 특히 교사가 변하고 교장이 변했다, 라고 봐야겠네요.

서 그렇죠. 제가 지금 보평초등학교에 근무하고 있고 혁신학교 정책 과정에 참여하고 있지만, 그게 어디서 왔느냐고 하면 남한산초등학교에서 생활한 것이 기반이 되었다고 할 수 있습니다. 그곳에서의 시행착오들 덕분에 보평초등학교에서의 실수를 최소화시킬 수 있었던 거죠. 남한산초등학교에서의 경험들이 없었으면 50학급 규모의 지금 학교에서 큰 시행착오 없이 순탄하게 계속 발전해 나갈 수 없었을 것입니다.

김 어느 학교건 한두 명의 교사만으로 학교가 제대로 세워질 수는 없는 거죠? 그렇다고 하여 모든 교사들이 헌신적으로 움직인다는 것도 기대하기 어렵습니다. 그러면서도 여전히 학교가 바르게 움직이기 위해서는 '교사'들이 움직여야 한다는 명제를 부정할 수는 없죠. 그렇다면 교사는 무엇으로 움직이게 될까요? 그러니까 교사들을 저절로 움직이게 하려면 어떤 환경이 필요한 걸까요?

서 저는 교육적 상상력이라는 말을 하는데요, 선생님들이 자기 아이들이 교실 안에서 상상력을 펼칠 수 있는 기회를 주는 거죠. 누가 만들어 주는 것이 아니라 자기들이 생성할 수 있도록 교육적 상상력을 발휘할 수 있는 기회를 제공해 주면 됩니다.

제 경험을 봐도, 판을 열어 주니까요, 신이 나서 온갖 실험을 다 하고, 특근수당이나 인센티브도 안 주는데 함께 의논하면서 서로 상상력들을 자극하더라고요. 생성, 그것이 열정을 불러일으킵니다. 그게 자발성을 만들고요. 자기 하는 일에 대한 의미를 갖는 것이고 나누는 기쁨이 있고 함께 자랑스러워합니다. 승진 문화가 지배하는 일반적인 학교를 들여다보면 자기만 기쁨을 누리고, 자기 혼자만 자랑스러워하잖아요. 하지만 남한산초등학교에서는 다 같이 자랑스러워하고 나누는 기쁨이 만들어졌습니다.

김 그 당시 남한산초등학교를 움직이는 동력과 지금의 전북 혁신학교를 움직이는 동력 사이에 본질적인 차이는 없다는 생각이 드네요.

서 예, 교육의 본질을 찾자는 것이고, 본질을 저해하는 낡은 관행들을 청산하자는 것입니다. 마음껏 가르치고, 춤추고, 미치도록 만들어 보자는 것입니다.

김 우리 자신은 뭔가 불편과 고통과 불이익이 있더라도 아이들을 위해서라면 기꺼이 감수하겠다, 그게 교육자들의 각오 아니겠습니까? 결국 남한산초등학교의 경우도 교장과 교사들이 변하니까 아이들의 삶도 변한 거지요. 남한산초등학교 졸업생들의 인터뷰를 읽어 봤는데, 이런 생각이 들더군요. '내가 누구냐고? 나, 남한산초등학교 나왔어.' 이런 자부심.

서 예, 아이들뿐만 아니라 교사들도 그런 생각을 하는 것 같습니다. 여기 완주 삼우초도 그렇고요. 좋은 학교의 특징이라더군요. 그곳 출신이라는 자부심이 있다는 것이지요. 내가 이 학교 학생이야, 선생이야, 라는 자부심. 좋은 학교는 학교 자랑을 하고요, 안 좋은 학교는 교장선생님 욕을 한다고 하더라고요. (웃음)

김 교사는 여러 사람이 있지만 그중에 한두 사람만 잘해서는 안 된다, 서로 나누어라, 어느 반에 들어가든지 반에 따라서 차이가 없도록 만들어야 한다고 하셨는데, 그게 가능한가요?

서 제 큰 고민 중 하나가 작은 학교에 있을 때는 몇 명 안 되기 때문에 서로 생각을 나누고 눈치껏 하면 되고, 조금 처지면 기다리면 되는데요, 큰 학교에서 보니까 학부모 입장에서는 3월에 복권을 뽑는 입장이에요. 누가 담임이 되느냐, 누구는 안 되었으면 좋겠다, 이런 말들이 학부모들 사이에 오고갑니다. 최소한 학교는 그러지 않았으면 좋겠어요. 누구누구가 잘하는 것보다는 학부모에게 불안감을 주지 않는 교사진을 구성하는 것이 무엇보다 중요하다는 생각을 합니다.

아이들도 학교에 오면 1학년 때는 최소한 이 정도는 되고 6학년까지는 이 정도는 된다, 라는 예측 가능성이 있어야 하죠. 그런데 우리나라 학교는 50학급이 있으면 50개의 편차가 있는 것 같습니다.

특히 교사 세계를 바라볼 때, 신규 교사가 오면 선배 교사가 그 신규 교사를 이끌어서 4~5년 지나면 훌륭한 교사가 되게끔 학교가 역할을 해야 합니다. 그런데 현재 우리 학교에는 선배 교사가 없습니다. 저는 그런 것을 어떻게 만들 것인가에 주목했습니다. 남한산초등학교에서 교사의 개별성과 헌신성을 중시한다면, 큰 학교에서는 교사의 편차를 어떻게 극복할 것인가에 방점을 두고, 학교 변화의 출발점으로 잡았습니다.

김 저는 요즘 혁신학교를 넘어 모든 학교의 혁신을 고민하고 있습니다. 그런데 전북의 경우, 혁신학교는 규모가 작은 학교, 농촌 학교에서 더 잘 이뤄지고요. 도시 중심부, 큰 학교, 특히 중·고등학교로의 확산은 미미합니다. 이에 대해 말씀하실 부분이 있다면요?

서 큰 학교는 전략적 접근이 필요한 것 같습니다. 작은 학교는 좋든 싫든 관계 중심적이고 함께 움직여야 합니다. 이에 비해 큰 학교는 관료적 통제 구조이거나, 교실주의, 편의주의 풍토가 팽배해 있어 교육적 담론을 이끌기 어렵습니다. 그러다 보니 관행과 매뉴얼, 벤치마킹, 인센티브에 의존합니다. 이것을 먼저 깨야 합니다.

미국 오바마 정부는 교육 개혁의 화두를 교사의 협력문화 형성과 교육의 복지 강화로 두고 있다고 들었습니다. 우리나라도 마찬가지라 여겨집니다. 큰 학교는 교육 과정이나 수업을 바꾸려 하지 말고 먼저 교직 문화, 학교 문화를 바꾸기 위한 학교 시스템의 변화를 먼저 이끌어야 합니다. 교실 개방, 협력과 공유를 위한 시스템, 자율적 통제 기제를 중심으로 하는 학습공동체를 구축해야 합니다. 관료제에 의존하는 학교 조직을 학습공동체형 혁신학교 모델로 바꿔야 합니다.

김 저는 가끔 사소한 것에 몰입하고 미치는 경우가 있어요. 작년에 몰입한 것이 MBC 〈나는 가수다〉였는데, 2013년 머리에서 떠나지 않는 화두가 '나는 교사다'였습니다. 이 생각을 하게 되면 시 교사들을 만날 기회가 있을 때마다 물어봤습니다. 〈나는 가수다〉 멋지지 않느냐? 가수들이 무대에서 자신의 열정을 불태우면서 노래를 부르는 것이 너무 아름답듯이 교사들도 '나는 교사다'라는 자부심을 가지고 아이들에게 감동을 주는 멋진 교사가 되어 보자. 그때마다 대다수 교사들이 동의를 해줬습니다.

서 네, 네, 많이 해주세요. '아이들이 선생을 존경하지 않는다'는 응답 비율이 OECD 국가 중 우리나라가 최고라고 합니다. 그간 많은 개혁과 혁신을 이야기하면서 교사의 성장이나 기쁨을 조명하기보다 늘 교사들의 상처나 어두운 면만을 보여 줬던 것 같습니다. 그래서 혁신이나 개혁이라는 말만 들어도 두려움을 갖는데 교육감님께서 지금처럼 '나는 교사다. 교사는 행복해야 한다. 그것을 만드는 게 혁신학교다!' 이렇게 해주신다면 두려움 없이 해보겠다는 의욕이 생기지 않겠습니까? '세상이 바뀌니까 당신들도 해야 돼'가 아니라 '당신도 이렇게 교사로 성공할 수 있어', 이런 모습을 보여 주면 큰 위로가 될 것 같습니다.

건강한 학교의 발원지는 사람이다. 그리고 건강한 학교의 물길은 아이들에게서 먼저 나오는 게 아니라 교사, 교장에게서 먼저 나온다. 결국 가다듬어야 할 것은 교사이고 교장이다. 그러면 이것을 어떻게 바꿔 나가느냐. 그 수단은 강제로는 불가능하다. 인센티브로도 불가능하다. 당근과 채찍의 방법은 절대 오래가지 못한다. 그 분들의 자존감을 정확하게 인정해 주는 것이 필요하다.

교사는 이 사회에 꼭 필요한 존재이고, 교사가 있기 때문에 이 사회가 움직이고 미래가 있는 것이다. 그것을 정확히 인정해 주는 것, 교사에게 제재를 가하기보다 교사를 이해해 주려고 노력하는 것, 불안함에도 불구하고 믿어 주려고 노력하는 것이 필요하다.

전북에서는 2011학년도부터 교사연구동아리를 활성화시켰다. '절대 활동 결과물을 강조하지 마라, 자유롭게 놔둬라.' 그것이 출발점이 되었다. 교사 연수와 관련해서는 '지속적으로 교사들이 공감할 수 있는 연수 프로그램을 만들어 나가라. 교사들이 거부하는 강사는 세우지 마라'라고 주문했다.

시간이 흐르면서 우리 지역 교사들이 개인주의에서 공동체주의로 점점 넘어오는 것을 보고 감동을 받았다. 나의 보잘것없는 노력에 교사들이 큰 화답을 해주는 것 같아 더없이 고마웠다.

다시는 교육공무원이 교육감을 쳐다보고 일을 하는 시대로 돌아가서는 안 된다. 일 그 자체를 바라보고, 아이들에 집중하며 일을 해야 한다.

교육의 중심은 사람이다

김 2010년 7월 1일, 교육감 취임 후 그해 8월 전교조 전국지회장 워크숍 자리에서 70분 정도 강의를 했습니다. 우리나라 교육 문

제에 대해 설명하고, 맨 마지막에 이런 말을 했습니다. '여러분들이 우리나라 교육 민주화 운동에 아무리 큰 공을 세운다 하더라도 교실에서 아이들에게 인정받지 못한다면 여러분들은 교사로서 실패한 것입니다. 여러분들은 노조원이기 이전에 교사입니다. 교사로서 여러분들에게 가장 중요한 것은 아이들에게 감동을 주는 교사가 되는 것입니다'라고요.

서 전적으로 공감합니다. 전교조가 어려운 시련을 이겨내며 학교 변화에 많은 기여를 했습니다만, 요즘 들어 아쉬운 점은 국민들의 지지로부터 멀어지고 교사의 자존감이 떨어진다는 점입니다. 어려울 때일수록 전교조 초기처럼 참교육의 이름으로 아이들 곁에서 더 많은 시간을 보내야 답이 나오지 않을까 생각합니다. 학교 민주화, 교사의 근무 조건도 중요하지만, 한편으로는 교실 민주화, 학습의 복지를 위한 교사의 공동 실천 노력을 보여 주었으면 합니다. 학교 폭력과 사교육비 문제는 우리 교육의 사활이 걸린 문제인데, 어느 누구도 답을 내지 못하고 있습니다. 저는 존중과 배려의 교실을 만들기 위해 소박하고 작은 실천 중심의 참교육 운동이 답이라 여깁니다.

외국 학교에 가보니, 다들 아침 시간이면 교실 문 앞에서 선생님들이 아이들을 맞이합니다. 요즘 버스를 타도, 백화점을 가도 '어서 오세요' 하고 인사하는데 우리들은 무엇으로 하루를 열고 있나요. 교실 앞에서 오는 아이들에게 인사하고 아이콘택트하고, 스킨십하면서 하루를 여는 '아침맞이 운동'을 하면, 지금 일어나고 있는 학교 폭력의 70%는 사라지고 행복한 교실이 만들어진다고 봅니다.

김 혹시 보평초등학교에서 실천하고 있는 구체적인 액션이 있습니까?

서 네, 있습니다. 아침 1교시 화내지 않고 시작하기, 수업 과정을 바꾸려고 하지 말고 아침 30분을 바꾸기, 웃으면서 수업 시작하기, 이름 불러주기, '공감 305'운동(아침 30분, 수업 시작 5분)이 그것입니다. 초·중·고 12년을 다닐 동안 50%의 교사만 이렇게 해줘도 아이들은 바뀐다고 봅니다. 선생님들이 우리 아이들에게 인사해 주고, 악수해 주고, 안부 물어 주면 아이들이 세상을 등지거나 학교 밖에서 일탈 행동을 하겠습니까. 이것이 유일하게 학교를 바꾸는 가장 큰 길이지 않을까 생각합니다.

수업, 교육 과정을 바꾸기 전에 사람 중심의 학교 문화를 만들어야 합니다. 인본이 없이 교육 과정 틀 속에 사람을 집어넣기 때문에 많은 문제가 발생합니다. 사람을 대하는 것에서 선생님이 먼저 바뀌어야 하고, 교사가 먼저 훈련이 되어야 합니다. 모든 교육 과정에서 사람이 중심이 되는 인본 교육으로 바뀌어야만 대한민국 교육이 바뀔 수 있습니다.

미션은 간결하고 명료해야 합니다. 교사의 자세가 바뀌고, 아이들을 대하는 태도가 바뀌어야만 교육이 바뀝니다. 공교육의 위기에서 가장 큰 문제는 관계의 상실이라고 봅니다. 교사들의 눈이 아이들 하나하나에 애성과 관심을 보일 때 위기를 극복할 수 있습니다. 교사들이 텍스트보다도, 성적표보다도 아이들의 마음을 헤아려 주면 관계의 평등성이 회복될 것입니다.

혁신학교에서 외국의 발도로프(Waldorf), 프레네(Freinet), 배움의 공동체 교육이니 하는 외국의 교육 사조를 본받고 있습니다. 그런데 우리나라가 이들의 '철학'과 '프로그램'은 들여왔지만, 이것이 유행처럼 단순 벤치마킹으로 그치고 있습니다.

가장 중요한, 사람을 대하는 태도와 문화를 눈여겨보지 않은 것입니다. 저는 저쪽과 이쪽의 차이점이 바로 이 지점이라는 걸 깨달았습니다. 저는 저쪽 교육이 '사람 중심' 즉 인간화 교육을 하는구나, 라는 느낌을 받았거든요. 21세기 글로벌 인재 교육보다도 지금 우리가 해야 하는 것은 사람 중심 학교를 만들기 위해, 교사들이 최소한 하루를 시작할 때 아이들에게 눈길 한 번, 미소 한 번 지으며 아침 인사하는 등 관계의 변화를 이루는 것이 교육 개혁의 핵심이라고 생각합니다.

우리나라에서 혁신학교를 연구하는 교육자들치고 발도르프, 프레네, 사토 마나부를 말하지 않는 사람은 없을 것이다. 그분들을 초청해서 수백 명의 교사들이 특강을 듣고 토론을 하기도 한다. 사람들에 따라서는 그분들이 행했던 학교 혁신의 시도들을 그대로 도입하면 우리나라의 교육에도 뭔가 기적 같은 일이 생길 수도 있다는 기대감을 가질지도 모른다.

그러나 외국의 우수한 혁신교육 사례들을 우리나라에 그대로 옮겨 놓는다고 해서 우리의 교육이 한순간에 획기적으로 바뀌기는 쉽지 않을 것이다. 그래서 나는 평소에 신념처럼 생각하는 것이 있다. '아무리 좋은 제도, 좋은 법령, 좋은 시설, 좋은 프로그램을 갖다 놓아도 교사의 의식이 바뀌지 않으면 어떤 것도 얻을 수 없다'는 것이다.

서길원 교장선생님은 이것을 가리켜 인본 교육이라고 말한다. 더 구체적으로는 교사들의 태도가 바뀌어야 하고, 교사들이 아이들 하나하나를 애정과 관심을 갖고 바라볼 때 교육의 위기를 극복할 수 있고, 교육이 바뀔 수 있다고 말한다.

서 앨빈 토플러는 '시스템을 바꿔야 한다', 오바마는 '교사의 협력 문화를 강화시켜야 된다'는 말을 했습니다. 학교 내에서 관료적 시스템의 문제, 교사들의 개인주의, 교실주의 등 이런 문제들이 팽배해 있다는 논쟁을 많이 하고 있습니다.

교육감님께서 협력 문화를 어떻게 증진시킬 것인가, 더불어 교사들의 자존감을 되살리기 위해 무엇을 어떻게 해야 할 것인가를 고민하고 있는 것 같아 매우 감동받았습니다. 하지만 관료적 학교시스템을 바꾸는 것은 결코 만만치 않은 문제일 것입니다.

김 네, 맞습니다. 전북 교육 내에서의 관료주의와 권위주의를 없애는 일은 쉽지 않은 일이지요. 그런데 저는 그것의 출발점을 교육감 자신으로 잡았습니다. 이전의 수많은 교육감들이 만들어 놓았던 관료주의와 권위주의를 나와 무관하다고 여기지 않고, 원죄처럼 그것을 껴안았습니다. 그리고 내려놓기로 했습니다.

서 시스템과 형식이 아니라 결국은 리더십에서 시작되지 않으면 그것이 해체되지 않는다는 말 같습니다. 교육감님께서 갖고 계신 리더십의 철학은 무엇인지 궁금하네요.

김 관계에서 가장 중요한 것은 존중이라고 봅니다. 초반에 교사들에게서 교장에 대한 불만을 많이 들었습니다. 그래서 제가 관계에서 중요한 것은 존중인데, 교장선생님을 부정하고 관계가 만들어질 수 있겠습니까, 라고 되물었습니다. 교장선생님의 부정적인 요소를 보지 말고, 긍정적인 요소를 먼저 보라고 했지요. 거꾸로 교장선생님들 입장에서는 지금까지 쌓아온 경력도 있고, 그 위치에 서면 교사들의 문제점이 많이 보이기도 할 것입니다. 그럴 때 교장선생님들께 웬만하면 교사를 신뢰하며 넘어가는 것도 좋은 방법이라고 말씀을 드리곤 했습니다.

그리고 신뢰입니다. 어린아이들도 믿어 주면 책임감을 느낍니다. 그런데 교육감이 교사를 못 믿고 신뢰하지 못하면 서로의 관계가 깨지게 됩니다. 마지막으로 교육감이라는 자리는 결코 누리는 자리가 아니라 버리고 희생하는 자리라고 생각하고 있습니다.

서 '존중, 신뢰, 리더의 헌신.' 저도 리더십에 관심이 많은데 교육감님께서 이런 신념이 있기 때문에 끌어가는 힘이 있구나, 하는 걸 발견했습니다. 제가 팬이 된 것 같습니다. 교사는 기술자가 아니지요. 때문에 수업의 테크닉이 아닌 리더십을 가지고 아이들을 대하는 것이 중요하다고 생각합니다. 교실에서 교사가 학생에게 지시나 명령하기보다는 몸으로 대하고, 상처 있는 아이는 어루만져 주고 용기를 북돋아 주어야 하는 것, 힘을 낼 수 있도록 하는 것들이 교사의 리더십이라 생각합니다.

김 인간은 본질적으로 평등하지 않습니까? 도교육청 청사 내에서 허드렛일 하시는 분들이 있는데, 그분들도 가정에 돌아가면 자랑스러운 남편이고 아내, 아버지, 어머니입니다. 우리는 누구도 그 지위를 망가뜨리거나 상처를 주어서는 안 되지요.

서 모두 동일한 인격체인데, 이 사회가 이러한 부분들이 많이 무너진 것 같습니다. 권력으로, 서열로, 경제적 능력으로.

김 민주주의는 피를 먹고 자란다고 하잖아요. 그 말에 빗대어 아이들은 교사의 눈물을 먹고 자란다, 라고 표현하고 싶습니다.

서 네, 동감합니다. 아이들이 교사의 눈물로 성장한다는 말씀 새기겠습니다.

김 정리하는 시간인데, 교육감이란 직책을 가진 사람에게 이건 좀 부탁하고 싶다, 이런 것이 있을 것 같습니다.

서 사람이 떠나도 학교의 전통이 남을 수 있도록 학교가 바뀌었으면 합니다. 학교 혁신의 출발점으로, 새로운 학교 시스템과 문화가 자리 잡을 수 있도록 노력해 주었으면 좋겠습니다. 맘에 들지 않더라도 어느 부분에 대해서는 돌직구가 아닌 돌아가는 길도 선택하면서 가셨으면 좋겠습니다. 돌직구를 하는 사람은 외로운 법인데, 나름대로 푸는 방법도 갖고 계셔서 제가 걱정은 안 해도 될 것 같고요.

누구 편의 사람들이라는 소리를 안 듣도록, 중간지대에 있는 사람을 끌어들여서 '나도 여기에 함께하고 있어' 라는 말을 들을 수 있는 인사 시스템을 잘 만들면 좋을 것 같습니다.

특히 인사라는 것이 권력이라고 하는 부분과 연결되어 있기 때문에, 독점적 욕구가 있지 않나 생각합니다. 그래서 탕평도, 이이제이(以夷制夷)도 있는 것 같습니다. 천거하는 라인이 특정한 부분이 아닌 여러 군데 루트가 있어 다양한 참여가 있게 하고, 검토하는 라인이 따로 있어서 견제가 있게 하고요. 마지막 결정하는 순간에

는 소외되는 그룹이 없게, 편향되지 않게, 현장에서 검증된 자에게 일할 기회를 주면 어떨까 합니다. 리더에게는 인사가 만사라 하는데, 이런 것들이 기준으로 자리 잡아 주변의 많은 분들이 교육감님과 함께했으면 좋겠습니다.

김 오늘 좋은 말씀 참으로 고맙습니다.

우리의 대화는 장승초등학교에서 마무리되었다. 교육의 중심은 사람이다. 교육 개혁은 교사의 손으로 이루어진다. 대체로 우리 두 사람의 의견은 일치했다.

그러면서도 머릿속에 깊이 각인되는 부분들이 있었다. 지난날 서길원 교장선생님 자신의 입에서 나온 독설들이 희망이 되기도 했지만, 스스로 상처도 많이 받았다는 고백. 그에게도 상처가 있었다. 남한산초등학교가 세상의 주목을 받던 초기에 외부로 나가면 다른 교장 선생들이나 교육청 관계자들이 안 좋은 시선으로 바라보았다는 것이다. 다양성의 가치를 존중해야 할 교육계가 획일성으로 굳어 있는 것이 우리의 엄연한 현실이다. 그 속에서 뭔가 다른 것을 만들어 내고자 하는 그를, 하나의 가치와 관념으로 묶여 있는 집단이 얼마나 배타적이고 의심스런 눈초리로 쳐다봤을 것인가 쉽게 짐작이 되었다.

학교의 변화는 사람을 중심에 두고, 사람을 대하는 태도에서부터 시작한다는 그의 지론에 다른 이견을 달 수 없었다. 저녁식사를 하는 자리에서도 우리는 못다 한 이야기들을 했다.

식사 후에는 어느 가정집의 초대를 받았다. 온 집안에 풍기는 편백나무 향이 객들의 몸과 마음을 부드럽게 이완시키는 집이었다.

내온 차를 마시면서도 오랜 친구처럼 이야기는 끊이지 않았다.

밖으로 나오자 사방은 어느새 칠흑이었다. 메타세콰이어도 어둠 속으로 사라졌다. 하지만 여전히 튼튼한 줄기들은 하늘로 향해 있을 것이고, 그 기품으로 내일도 사람들의 발걸음을 붙들 것이다. 오늘은 '먼저 신발 끈 고쳐 맨 이에게 길을 물은 날'이었다.

"영상에서 보이는 선생님의 눈 마주침은 감독하는 눈 마주침이에요. 사랑하는 눈 마주침이 아니에요. 선생님이 가진 따뜻한 감성이나 아이들에 대한 애정이 머릿속에서만 있어서는 안 됩니다. 몸짓으로 드러나고 표정으로 드러나고, 말 속에 드러나야 합니다."

_EBS 〈선생님이 달라졌어요〉 中

서길원 선생님은 경기도 성남시 보평초등학교 교장으로 재직 중이며 새로운 학교 네트워크 대표를 맡고 계신다. 경기도교육청 혁신학교 추진위원을 역임했다. EBS 〈선생님이 달라졌어요〉 대표 멘토로 활약하였다.

02

전라북도교육감 김승환이
만화가 박재동에게
"교육"에 대하여
듣기를 청하였더니,

박재동이 "놀아라"고 답하다

가난한 골짜기, 수암골에서 그림은 속도를 버렸다

–시대의 벗과 함께 차를 마시다

박재동 화백을 만나기 전에 그가 쓴 책을 읽었다. 《인생만화(人生萬花)》와 《손바닥 아트》였다. 나는 매우 독특할 정도로 어려서부터 만화를 잘 읽지 않았다. 중학교 1학년 때는 만화를 즐겨 읽으시던, 나와 같은 하숙집에서 하숙 생활을 하시던 선생님으로부터 선생님과 함께 만화를 읽지 않는다고 꿀밤을 맞기까지 했다. 그런 나에게 《인생만화》와 《손바닥 아트》는 세상을 보는 또 하나의 눈이 되어 준 기분이었다.

'만화라는 프리즘으로 이렇게 세상을 볼 수도 있는 것이구나!'

손바닥 크기의 종이만 있어도 만화를 그린다는 사람. 촛불 집회에 나온 이들에게 선물로 캐리커처를 그려 주었다는 사람. 이런 예술가를 만나는 일은 신나는 일이다. 정치인이나 법조인을 만나는 것보다 편하고 설레는 맘이 드는 것이 어디 나쁜이겠는가? 자유로운 영혼에 대한 동경이 발걸음을 가볍게 한다. 그를 만나러 간다.

박재동 화백은 《한겨레신문》 만평을 오랫동안 그렸고, 지금은 한국예술종합학교 교수로 후학들을 양성하고 있다. 곽노현 교육감 시절에는 서울시교육청 혁신학교 자문위원장으로 활동하기도 했다.

그를 처음 만난 것은 2013년 5월 8일 국회의원회관에서 열린 '공교육의 새로운 표준을 향한 혁신학교의 가능성과 과제' 포럼 때였다. 그때 나는 '혁신학교와 공교육 혁신'이라는 주제로 기조 강연을 하였고 박 화백은 좌장을 맡았다.

토론자로 참석한 이들 중 일부는 자신의 말만 하기에 바빠 시간을 잘 지키지 못했는데, 박 화백은 주어진 시간이 경과하면 가차 없이 발언을 토막 내버렸다. 부드럽게 웃으면서. 그러나 단호하게 토론을 이끌어 가는 박 화백이 더없이 멋있게 보였다.

또 한 번은 2013년 10월 12일 서강대학교 다산관에서 열린 '2013 혁신학교 한마당' 때였다. 전국 각지에서 교사, 학부모, 시민, 교육 관계자들이 모여서 하루 종일 혁신학교 행사를 하고 있었다. 행사의 일환으로 경기도 김상곤 교육감, 강원도 민병희 교육감, 그리고 나 이렇게 세 명의 교육감이 한자리에 모여 '진보교육감 시대 학교 혁신 현황과 과제'를 주제로 토크 콘서트를 하게 되었다. 그 자리에서도 박 화백이 진행을 맡았다. 그런데 이날 진행에서는 지난번과 달리 시간을 매우 너그럽게 할애했다. 나는 속으로 웃음이 나왔다. 기분이 좋았던지, 그는 기타를 치며 몽골 노래를 불러 좌중을 사로잡았다. '인생을 참 즐겁게 사는구나, 저렇게 살고 싶다'는 동경이 싹텄다.

그리고 오늘 그를 다시 만났다. 둘만을 위한 시간은 오늘이 처음이다. 평소의 소원이 이루어지는 날이다. 그를 청주에서 만나 구수한 청국장찌개로 점심을 먹고 수암골 벽화마을로 갔다. 날씨는 쌀쌀했다. 추위를 많이 타는 나를 보더니 '이거 추워서 안 되겠네'라고 말하면서 발길을 서둘렀다.

수암골 벽화마을은 남루하지만 사람 사는 향기가 있고, 집마다 개성이 있고, 다양한 장인들이 모여 사는 곳이었다.

수암골의 새로운 맛, 벽화

박재동(이하 박) 벽화 작업은 이 지역 예술가들이 한 건가요?

김승환(이하 김) 그런 것 같아요.

박 이런 거 하나 해놓으니까 집에 들어가는 게 즐겁지요. 그냥 살기만 하는 집이 아니라 판타지가 있고.

김 돈으로 만든 게 아니라, 사람의 손으로 직접 해놓아서 그런 거죠. 돈으로 하려고 하면 이렇게 안 나오죠.

박 우리가 집을 볼 때는 집이 얼마나 시설이 좋은가, 얼마나 비싼가를 보잖아요. 그런데 이것은 다른 가치가 들어간단 말이에

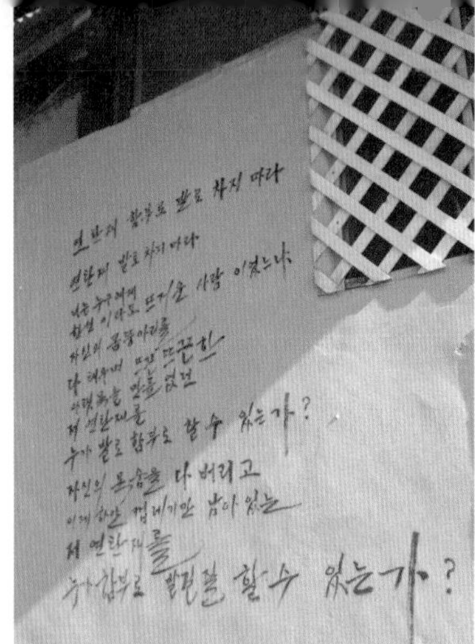

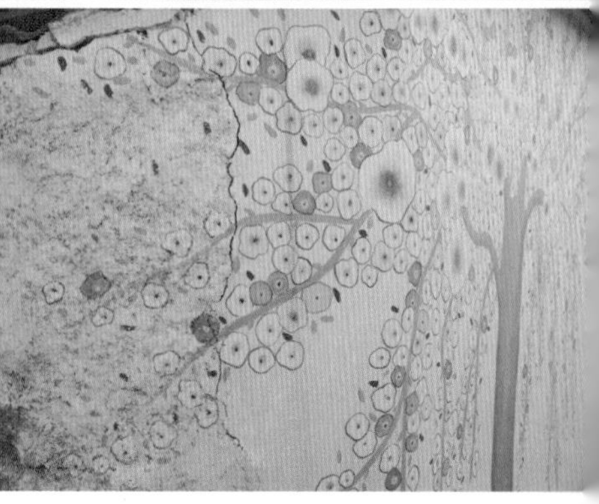

청주 수암골 벽화마을 풍경들.

요. 그래서 집을 볼 때 비싸고 좋은 것만 생각하는 것이 아니라 또 다른 아름다운 것이 얼마나 있는지, 이것을 가지고 새로운 가치를 만들어 낼 수 있는지 봐야지요. 어릴 때 이런 걸 많이 봐두면 나중에 그런 것을 할 수가 있는데, 못 보면 이런 생각을 할 수가 없는 거지요. 아, 집이라는 것이 비싼 집만 좋은 것이 아니구나! 이렇게 집에 대한 생각을 달라지게 할 수 있으니까, 이런 게 참 중요한 작업입니다.

김 기성세대들은 집을 부동산, 돈벌이로 생각하죠.

박 그렇죠. 완전히 그런 쪽으로만 생각해요. 그렇게 하면 집값이 많이 오르니까.

김 지금은 그런 말 잘 안 하는데 예전에는 집이라고 하면 '보금자리'라는 말을 많이 했어요.

박 그래요. 보통 집은 먹고 자고 하는 곳이지만, 이런 집은 어떤 아름다운 곳에 들어간다는 새로운 맛이 있는 것 같습니다. 판타지도 생기고.

김 동일한 대상물도 어떠한 의식을 가지고 보느냐에 따라서 완전히 달라진다는 거죠.

박 그렇죠.

8
PEACE
PEACE
지기의

김 그러고 보면, 우리나라 교육부의 교원 정책은 '당근'과 '채찍'의 전략으로 교사들을 움직이게 하지 않았나 싶습니다. 교사의 자발성을 이끌어 내기보다 승진 가산점과 불이익을 통해 움직이게 한 거죠. 교사의 순수한 마음을 망가뜨린 거라고 봅니다.

박 맞아요. 일을 할 때, '아, 재미있고 기쁘다' 이런 즐거움이 있어야 해요. 교사의 즐거움이 그대로 아이들에게 전달돼야 하는데 지금은 괴로운 걸 자꾸 전달하고 있죠. 막 아이들한테 억지로 하라고 하고, 또 자기도 그렇게 시키는 걸 억지로 하고 있고.

박 화백과 함께 들어간 곳은 김만수 도예가의 작업실이었다. 셋이서 차를 마시며 허물없이 이야기를 나눴다. 김만수 도예가가 내게 《도심 속 작은 공동체 수암골》이라는 책을 한 권 주었다. 책은 수암골의 역사, 수암골의 겨울나기와 함께 수암골에 모여 있는 집들의 사연을 담고 있었다. 김만수 도예가는 자녀 교육에서부터 자신의 삶까지 흉금을 터놓았다.

김만수 여기에 있는 사람들은 한국전쟁 때 피난 온 사람들이었죠. 아래쪽이 피난민촌이었어요. 그분들이 여길 떠나지 못하고 이 위쪽으로 올라왔죠. 청주 건설의 1등 공신들이에요. 다 잡부를 했던 사람들입니다. 아침 일찍 일어나 맨몸으로 살면서 삶을 일구신 분들이지요. 사연이 깊습니다.

박재동 화백이 맛있는 차에 대한 사례로 캐리커처를 그려드린다고 했더니, 김만수 도예가는 마시던 찻잔은 직접 만든 것이니 마신 후에 가져가라고 한다. 박 화백이 캐리커처를 그리는 동안 나는 기쁨조 역할을 했다. '소리새'의 〈겨울 나그네〉를 아이패드를 이용해 들려줬다. 박 화백이 "우리 교육감님의 이 센스가 연애할 때 솜씨 아닐까 싶다"며 너스레를 떤다.

김만수 도예가의 작업실.

박재동 화백이 그린 김만수 도예가 캐리커처.

김만수 여기도 이제 낡아서 못 사니까 사람들이 나가서 무너지는 집도 많아요.

박 집값이 여기는 오르지 않았나요?

김만수 약간은 올랐겠죠. 자본가들이 이쪽으로 들어오니까.

박 여기가 이익을 내기에 괜찮으니까 들어오는 거겠지요.

김만수 그렇죠.

박 그러면 이들이 처음 발을 디딜 때, 여기는 우리 문화권이니까 들어오려면 이런 조건으로 들어와라, 이런 것이 있어야 할 텐데요. 이를테면 외벽은 어떻게 해라, 뭐 이런 거.

김만수 그 사람들, 내 땅에 내가 한다는데 뭐라 하는가, 이런 맘들이 대부분이죠. 사탕발림으로 마을 잔치 때 돈이나 막걸리나 좀 내고는 끝이죠, 뭐.

박 여기에 만약 들어올 때 동참해서 벽화도 그리고 같이 살아갈 수 있다면 가치가 확 높아질 겁니다. 그런 마인드를 가지고 일원이 되어서 같이 살자고 그러면 좋을 텐데, 저렇게 생뚱맞게 나오면 이곳의 가치를 다 갉아먹는 거잖아요?

김만수 그건 뭐 우리로서는 어떻게 할 수가 없으니까요.

박 다 아시겠지만, 그리스의 산토니 마을에 가면 정말 예뻐요. 사실은 제주도가 훨씬 아름다운데 인간이 칠한 색이 예쁜 거예요. 거기는 흰색, 파란색 등 꼭 정해진 몇 가지 색만 쓰고 나머지는 못 쓴다고 법으로 정해 버렸대요. 그래서 하얀색에 군데군데 파란색이 있어요. 잡동사니 색이 아니에요. 한 마을이 우리는 이런 콘셉트로 해보자 하고 설득하고 전략적으로 나가면 마을이 전국적으로 훨씬 유명해지고 더 좋아질 수 있을 텐데요.

김만수 문화 수준을 끌어올리려면 한 사람이라도 총대를 메고 앞장서야 일이 되는 거죠.

김 마을이나 공동체의 정체성을 유지하기 위해서 색깔을 통제하는 경우가 유럽에서는 상당히 많더라고요. 지붕 색깔은 자주색이다, 라고 하면 자주색으로 하는 거예요. 나머지 색은 쓰지 못하게 하고, 만약 쓰면 벌금도 낸다고 하죠.

김만수 슬레이트에서 철 기와나 철 슬레이트로 넘어갈 때 했어야 하는데, 이제는 늦은 것 같아요.

박 나는 정보도 모르고 왔는데, 어쨌든 이 마을 사람들이 벽화 조성으로 인해 자긍심이 높아졌을 것 같은데요.

김만수 네, 이제는 옛날 같지 않아요.

김만수 도예가와 대화를 나누는 동안 나는 그곳에 모여 사는 사람들의 순수함을 느꼈다.

도예가의 작업실을 나서 아이들의 손길 하나하나까지 작품으로 담아낸 수암골 벽화를 마주하려 발걸음을 옮기던 중 동네 전체를 뒤흔드는 발파 소리와 돌 깨는 중장비의 굉음이 걸음을 멈춰 세웠다.

수암골 바로 옆에 거대한 건물을 올리는 공사 현장이 눈에 들어왔다. 도예가의 말을 빌자면, 벽화마을의 소박한 아름다움을 취하기 위해 초대형 커피숍을 짓는 중이라고 했다.

그 순수함을 돈으로 계산해 내는 천박한 자본의 손길이 이곳까지 뻗치기 시작했다는 생각이 들자 씁쓸해졌다.

수암골이라는 새로운 공동체와 그걸 돈벌이로 여기는 자본의 만남은 앞으로 어떤 상황을 만들어낼지 아무도 모른다. 어차피 자본에 절제를 요구하는 것은 고양이에게 생선을 던져 주고 먹지 말라는 것과 마찬가지 아닌가. 문제는 가치관이다. 자연스럽게 형성된 공동체를 보호하라고 지자체에 요구하는 것은 현실적으로나 법적으로나 불가능한 것일까?

벽화마을을 나설 즈음 매서운 바람이 몰아쳤다. 너무 추웠다. 몸을 최대한 움츠렸다. 박재동 화백과 나는 서둘러 다음 목적지로 향했다. 청주대학교 정문 앞에 자리 잡은 '행복까페'였다. 이곳은 착한 나눔을 실천하는 복지 공간이다. 지하 1층 소극장, 1층 커피숍, 2층 인문학 세미나실로 구성되어 있다. 2012년 4월, 시민들의 노동 기부와 재능 기부, 현금 기부, 현물 기부 등을 통해 문을 열었다. 카페 수익금은 최소 운영비를 제외한 나머지 모두가 어렵고 소

외된 이웃을 돕는 지역사회 환원 사업에 쓰이고 있다. 박재동 화백과 1층에서 공정무역 커피 한 잔을 진하게 마신 다음, 2층에 자리한 인문학 공간으로 올라갔다. 그곳에서 나는 박 화백이 그리는 '가고 싶은 학교'의 이상향을 즐겁게 들을 수 있었다.

실패해 보는 것도 재미지다

김 사람들은 교육감의 임기 4년이 짧다고, 금방 간다고 하는데 막상 해보니까 세월이 갈 만큼 갑니다. 갈 만큼 가고, 숨 쉬듯이 즐기듯이 그렇게 갑니다.

박 전라도 분이라 그런지 여유도 있으시고 제가 보기에 성품이 참 좋으십니다. 곽노현 교육감만 해도 의욕 충만해서 일을 엄청나게 하더라고요. 좋기는 한데, 조금 여유 있게 하는 것이 오래 잘하는 것인데…….

김 그러니까 "4년 동안 김승환 교육감이 이러이러한 것을 이뤄 놓았어" 하는 그 자체가 내 머릿속에 없어요.

박 멋지시다. 악수 한번 합시다. 그것 없기가 너무 어려운 일이데. 철학도 1등급에 올라와 있으시다. 거기서 벗어나기가 힘들고, 대부분이 그것 때문에 무리하게 되거든요.

김 다음 교육감으로 누군가 오잖아요. 그쪽으로 돌을 하나

놓는다, 그 돌이 그냥 돌이 아니고 의미 있는 돌 하나 놓고 간다는 것이지요.

박 지금 우리나라는 교장, 교사, 학생까지 전부 실적주의자들입니다.

김 운동권도 실적주의입니다. '내가 위원장 할 때 이것을 얻어 내었다'라는 실적주의 의식이 있어요.

박 김승환 교육감님의 철학이 아주 매력 있습니다. 이게 시간이 좀 필요한 것 같습니다. 교육감님의 철학이 공무원들의 뿌리박힌 평가 방법을 바꾸게 하는 데는 아직은 좀…….

김 영원히 불가능한 것 아닌가 싶었는데, 그래도 제가 기대했던 것보다 빠른 속도로 진행되고 있다고 느낍니다.

박 좀 놀기도 하며 살아야 하는데, 그놈의 실적주의에 갇혀서 노는 것도 이제는 다 까먹었어요. 교육감님이 대학교 3학년 때 머리도 안 감고 공부 열심히 할 때, 나는 설렁설렁하며 끄적끄적대고 연애나 하면서 놀았는데. (웃음) 나는 다시 태어난다면 우선 두 가지를 하고 싶어요. 운동과 공부를 좀 하고 싶어요. 그런데, 실적주의를 배격하시지만, 리더들은 사람들이 알아주지 않으면 마음 한구석은 섭섭할 텐데요.

김 저는 실적을 머릿속에 그리는 순간, 기절할 것 같아요. 그

탓인지는 몰라도 제 고민에 동의해 주시는 교장선생님들이 점점 늘어나고 있는 것 같습니다. 사실 압박감이 없으니 좀 편하시기도 할 겁니다.

박 자율적인 것을 불편해 하는 교장도 있는 것 같던데요?

김 많지요. 예전에는 오더가 내려왔었는데 지금은 없으니까 그분들이 당황을 많이 했던 것 같아요. 하지만 지금은 자리를 잡아 가고 있는 것으로 보입니다.

박 교장들도 제도의 희생자들입니다. 나름대로 열정이 있는데 그동안 교육을 벌과 상으로 대한 것이 잘못입니다. 그 교장선생님들도 참교육, 참교장이라는 맛을 뒤늦게 깨달은 것 같습니다. 그 전에는 그 맛을 보여준 사람이 아무도 없었어요. 교장으로서 성과, 대우, 군림하는 맛만 보았거든요. 위에서 어떻게 생각을 하고 있는가만 중요했지요. 우리 사회는 대빵의 생각이 모든 걸 다 바꾸는 사회잖아요.

김 제가 일화 하나를 말씀드릴게요. 취임 초의 일입니다. 결재를 받으러 내 방에 들어온 사무관이 자기 생각이 없었어요. 왜 이 일을 해야 되느냐, 물어 보았더니 그 이유를 설명하지 못하더라고요. 그래서 최초의 기안자인 6급, 7급을 불러서 물으니 그 사람들은 알더라고요. 그때 사무관이 "저희는 교육감님의 오더대로 합니다"라고 대답하더군요. 그것이 말이 되느냐고 되물었어요. 그 뒤로는 공부를 해서 자기 생각을 가지고 오더군요.

다음에 장학관이 결재를 받으러 왔어요. 결론을 내려야 하는데, 1안, 2안, 3안이 있다고 하더군요. "장학관님이 스스로 생각하기에 어느 안이 타당합니까?"라고 물으니 "2안이 맞다고 생각합니다"라고 대답하더군요. 그래서 "그럼 2안으로 하세요"라고 했어요. 이런 식으로 결재를 하니까 직원들이 처음에는 많이 당황하더군요. 하지만 점차 익숙해지니까 능률이 올라요. 그동안 고급 인력을 모아 놓고 마치 교육감 한 사람의 수족을 부리듯이 해온 탓이 크지요.

박 자꾸 나를 감탄시키려고 합니다. 정말 나 역시 그런 것에서 자유롭지 못합니다. 자꾸 뭔가 보람 있는 일을 화끈하게 하고 싶은 마음이 생깁니다. 뭐, 보통 사람들 대부분이 그 유혹이 있지요. 꼭 나쁘다고 할 수는 없지만 교육감님 같은 생각을 하고 있으면 너무 좋아요, 편안하고.

혁신학교를 이야기 할 때, 전북은 김승환 표, 전북 표라는 딱지가 없어요. 나는 그것이 최고라고 생각합니다. 나 같은 경우에 혁신학교 자문위원장을 하면서 교육청에서 모델을 제시하는 게 못마땅했어요. 고충이 되는 점은 저들끼리 알아서 하면 되는 것 아닌가?

나 같은 사람은 예술가라 그런지 자율성을 제일 중요하게 생각합니다. 우리는 좋은 것이라도 시켜서 하면 재미가 없어요. 자기가 해보고 실패도 해보고 하는 것이 재미인데. 제가 여기 온 이유는, 교사를 믿어야 하고 기다려 보면 저들끼리 알아서 너무 재미있게 한다는 교육감님의 그 말씀 때문이에요.

김 네, 감사합니다. 혁신학교 모델을 만드는 순간, 우리는 그 틀에 갇혀 버리고 더 이상 나가지를 못하게 된다고 생각합니다. 그것이 최고인 줄 알고, 그것이 완전한 것인 줄 알고요.

박 혁신학교 선정을 하니까 선정 기준이 있지 않겠느냐 해서 사람들이 자꾸 물어보는 겁니다. 사실은 저들끼리 모여 가지고 '우리 학교, 우리끼리 어떻게 재미있게 해볼래?' 해서 '우리끼리 이렇게 하겠다' 하면 되는 것이고, 교육감은 '잘하시오, 뭐 도와줄 것이 없소?' 이 정도로 하면 다 되는 것인데.

하다 보면 실패할 수도 있지요. 그러나 그것이 자산이 되는 것이지요. 실패하면 또 다른 방식으로 해보고 그렇게 해야 되는데……. 급하게 판단하고 평가하지 말아야 합니다. 평가를 왜 해? 스스로들 저들끼리 이미 다 알고 있는데.

근데 언론 환경이 있어요. 실패를 하면 하이에나처럼 물어뜯으니까 힘들더라고요. 사실 교육은 진득하게 기다려야 달라지죠.

김 (웃음) 네. 맞습니다. 언론에 대해 아쉬운 점이 바로 그 부분입니다. 하나의 교육 정책이 꽃을 피우기까지는 무엇보다 시간이 필요한 것 아니겠습니까. 그래서 전 하나의 정책에 대해 일일이 대응하지 않고 묵묵히 밀고 나가려고 합니다.

박 그래요. 그리고 현직이 특별한 무엇이 없는 한 꾸준히 가면, 그것을 어떻게 할 방법이 없는 것이죠.

행복까페 2층 인문학 공간에서.

"제발 집에 좀 가라~~~"

김 박 화백님이 쓴 두 권의 책을 읽어 봤어요. 《손바닥 아트》와 《인생만화》예요. 거기에 보니까 '가고 싶은 학교'라는 글자가 나와요. 전라북도교육청의 교육 비전이 '가고 싶은 학교, 행복한 교육 공동체'거든요.

박 어떻게 나하고 똑같죠? 곽노현 교육감이 나보고 혁신학교 자문위원장을 해달라고 했어요. 곽노현 교육감도 참 독특한 사람인데, 나하고 인사동에서 선거 6개월 전에 약속이 꼬이는 바람에 만났어요.

그날 처음 봤는데 교육감 나가는데 고민이 된다, 선거라는 거 이게 피할 수도 없고……, 그러시더라고요. 그런데 나는 왠지 될 것 같은 기분도 살짝 들었어요. (웃음) 교육감이 되면 교육청이 이렇게 해야 한다고 구라를 엄청나게 풀었어요. '학생도 선생을 가르쳐야 한다.' '학생들이 왜 어른들이 지어 준 학교에서 생활해야 하나? 지들이 지어야 한다.' '시험 문제도 지가 내야 된다.' 하여튼 뭐 내 마음대로 말했어요. 보통은 '아, 좋은 생각이시네요. 검토해 보겠다'고 해야 되는데 그 양반은 '아, 박 화백 같은 분이 교육감이 되셔야 하는데……' 그러는 거예요. 그러곤 웃으면서 헤어졌어요.

그런데 교육감이 되고 전화가 왔어요. 취임준비위원장을 맡아 달라고. 한 달만 하면 된다고 해서 그건 할 수 있겠다, 새로 프레임을 짜는 건데 영광으로 알자. 그 후 혁신학교자문위원장을 맡았는데 거기 사람들이 나를 다 반대한 거예요. 선거에 같이했던 사람도 있고, 중요한 자리니까 여기저기서 추천이 막 들어왔겠지요. 그런데 이 양반은 나를 앉히겠다고 버티신 거예요. '고정하옵소서!' 하는데도 나를 앉혔어요. (웃음)

이왕 앉은 거, 내가 학교 선생 할 때부터 생각한 게 있어요. 아이들이 초·중·고 12년 청춘을 학교에서 보내는데 행복하면 얼마나 좋을까? 아침에 행복을 어디서 찾는가? 아이들이 아침에 일어나 학교가 가고 싶으면 좋겠다. 딴 것은 모르겠다. 우선은 이것을 먼저 생각하자. 그러니까 아이디어가 나오더라고요.

김 학교는 가고 싶어 하고, 집에는 가기 싫어하고.

박 우와, 어쩜 나하고 똑같을까! 내가 그래서 '집에 제발 좀 가라~~~' 이런 만화를 그렸어요. 아이들이 학교에서 바이올린 하고 운동하고 지들끼리 놀고 그러는데 집에 가면 뭐 재미있는 게 없잖아요. 친구들하고 선배들하고 놀면 꿈같은 시간 아니겠어요? 아이들이 집에 가기 싫은 것, 선생들은 미치는 거죠. 퇴근해야 되는데 '하, 원수 같은 놈들' 이렇게 만화를 그린 거예요.

김 전라북도교육청의 교육 비전인 '가고 싶은 학교 행복한 교육 공동체'를 내가 직접 설정했어요. 그런데 교육계의 전통이 교육감이 교육 비전을 확정하면 도교육청, 시·군 교육지원청 그리고 단위 학교의 현판을 새로 다 바꾼다고 하더라고요. 철거 비용, 제작 비용 등 그 예산만 해도 어마어마한 거죠. 그래서 "그렇게 하지 마라, 도교육청 하나만 바꾸자" 했더니 깜짝 놀라더군요.

생각해 보세요. 단위 학교는 학교마다 다른 생각이 있을 텐데, 왜 내가 그들 생각까지 바꾸어야 하는 거죠? 초등학교의 경우, 그 학교 학생들이 똑같은 글자를 4년 동안 보고 다녀야 돼요. 이것은 아이들에 대한 학대 아닙니까? 그랬더니, 그러면 학교는 제외하고 시·군 교육지원청만 바꾸게 해달라고 해서 그것은 내가 양보하겠다고 했어요.

박 허락받아 바꾼 데는 너무 기뻤겠네요. (웃음) 어떤 사람이 여기서 이렇게 생각을 하면 동시에 다른 데서도 같은 생각을 하는 사람이 있대요. 내가 '가고 싶은 학교'를 생각했는데, 김승환 교육감님도 동시에 한 거예요. 참 신기하고 반갑습니다. 집에 가기 싫은 학교.

김 지난번에 진안 장승초에서 보니까, 아이들이 집에 갔다가

학교에 다시 와서 놀더라고요. 이 아이들은 자신의 안방과 학교 사이의 구분이 없어요.

박 학교라는 개념이 좀 바뀌어야 해요. 과거에는 놀기는 다른 곳에서 했고, 학교에서는 공부만 하면 되었어요. 그런데 지금은 달리 놀 곳도 없는데, 학교에서는 만날 공부만 시키고 있어요. 이제는 학교가 노는 곳이면서 동시에 학과 공부를 하는 곳으로 바뀌어야 해요.

김 우리 교육이 너무 엄격한 틀을 만들어 놓고 그 안에 들어오면 모범생이고, 그 밖으로 나가면 문제가 있는 아이라는 식이잖아요. 그런데 그 기준이 아이들이 아니라 어른들의 기준이잖아요. 그러니까 아이들은 답답하게 느끼는 것이지요.

저는 전북에서 세대별로 나를 가장 좋아하는 세대가 초등학생

일 거라고 생각합니다. 그 이유는 자기들을 묶고 있던 사슬을 풀어 주었거든요. 방학 숙제를 없앴어요. (웃음)

박 우와, 너무 잘하셨어요. 어린 시절 시골에서 농사짓고 살았는데 너무 좋았어요. 그런데 방학이 되면 방학 숙제가 문제였어요. 하긴 해야 하는데 그게 어디 맘처럼 되나요? 안 해지는데 계속 속으로 찝찝해요. 개학이 다가올수록 강도가 심해져. 확 하면 되는데 안 해져. 방학의 반은 걱정으로 시들시들했어요. 놀아도 노는 게 아니고 악몽이었어요. 방학 숙제 없앤 거, 정말 잘하셨어요.

김 선생님이 방학 전에 너 "방학 동안에 뭐 할래?" 물어보면 아이들이 "저는 잠자리를 잡을래요, 저는 어린이시를 쓸래요" 하죠. 그러면 그걸 하면 돼요.

박 나도 학교에서 그래요. 저는 "올해 놀고 싶어요" 그러면 "그래 놀아라" 하죠. 노는 게 필요한 거거든요. 팍 노니까 열심히 잘하더라고요.

김 전북 지역 초등학교의 지필 시험이 자연스럽게 없어지고 있어요. 대체로 2학년까지는 지필 평가를 없애고 있고, 4학년이나 6학년까지 없앤 학교도 있어요. 그런데 방학 숙제 없애기는 일괄 지침을 내렸구요. 지필 평가 없애는 것은 따로 강제하지는 않았어요.

박 시험은 없어져야 해요. 그림도 자신이 없고 못 그린다는 사람이 많아요. 그림을 즐긴다는 사람이 적어요. 십 수 년의 그림 교육이 남긴 것이 무엇이냐? '나는 그림 못 그려' 이것만 남았어요. 그림에 점수를 주니까 그래요. '나는 그림을 못 그려 점수가 낮아.' 미술 교육이 이것을 계속 확인해 준 거예요.

아이들을 보면 그림을 못 그리는 아이들은 없어요. 자기 나름대로 생각을 하고 그림을 그리는데 학교에 들어가게 되면 평가를 하게 되니까 망치는 거죠. 그림 그리는 능력을 너무 키우려고 하지 말고 소질이 있는 놈은 따로 하고 나머지는 즐기게 해줘야 하는데……. 나도 좀 부끄럽네요.

김 아주 중요한 사안이 아니면 아이들에게 맡겨서 해결할 수 있게 해야 해요.

박 우린 한 번도 '너희들끼리 해결하라'는 말을 들어보지 못하고 자랐어요.

김 학교자치법정이라는 것이 있어요. 재판을 받으면서 가해 학생도 차분하게 자신의 행위를 되돌아본다고 해요. 그리고 피해 학생도 가해 학생을 들여다보고 자신도 들여다보고 자연스럽게 화해를 하는 경우도 있다는 거예요. 가해 학생에 대한 징계를 내렸다고 끝나는 것이 아니거든요. 그것은 해결책이 아니에요.

학교폭력에 대한 대책으로 이주호 장관 당시, 학교폭력 사실을 학생부에 기재해서 '아이가 대학에 들어갈 때 입학 전형에 넣어라, 취직할 때 넣어라'고 했는데 이것이 얼마나 폭력적인가에 대해서 생각해야 하거든요.

박 어떻게 그런……. 나는 사람이 실수도 해봐야 한다고 생각해요. 그런데 징벌 위주, 규제 위주로만 풀려고 하니까 그런 대책이 나오는 거죠.

김 이런 사례도 나왔어요. 언론에 보도됐는데 아들은 일진이고 딸은 왕따인 경우예요. 그 부모가 생각한 답은 뭘까?

처음에 학교폭력종합대책 논의가 있을 때 내가 교육부(당시에는 교과부)에 이렇게 말했어요. '요즘 아이들이 왜 이래?' 이렇게만 생각하지 마시고 '요즘 아이들을 누가 이렇게 만들어 놓았나?'를 놓고 고민해야 한다고요.

박 맞아요. 아까 말씀하신 것에 정말 공감하는데, 몸을 쓸 일이 없다. 공부 못하는 육체는 어디로 가야 하는가? 피땀을 흘리는 곳으로 가야 하는데, 받아주는 곳도 없고 하니 이 아이들이 갈 수 있는 곳이 일진밖에 없어요. 아이들이 무슨 낙이 있겠어요. 다른 아이를 괴롭히는 것 외에. 그래서 몸을 쓸 곳을 만들어 줘야 될 것 같아요.

김 아이들은 움직이는 존재인데, 어른들이 못 움직이게 하는 거예요.

박 그렇죠. 떠들고 막 이래야 하는데 조용하라니 하아.

김 우리가 영재 교육, 영재 교육 하는데, 사람들이 말하는 영재란 뭔가요? 수학 잘하고 과학 잘하면, 영재이지 않습니까? 공 잘

차고, 노래 잘 부르고, 춤 잘 추고, 기타 잘 치면 그 점에서 영재라고 봐야 합니다. 우리가 만나는 모든 아이들은 그 속에 영재성을 가지고 있는데 그 영재성을 깨워 주려면 교육의 패러다임이 어떻게 바뀌어야 할까요?

박 우리 교육의 패러다임을 변화시켜야 할 부분이 수직적인 프레임, 즉 영재도 공부를 아주 잘한다든지, 성적이 엄청 높다든지 그런 걸로만 판단하는 습관(국·영·수 특히 이런 과목들만)이죠. 자기 나름대로 가지고 있는 것을 인정하고, 그것을 수평적으로 볼 수 있는 프레임, 이게 정말 필요한 시대인 것 같습니다. 꼭 일률적으로 직선으로 세워야 하는 게 아니라.

저는 아이들에 대해서 이런 생각을 합니다. 우리가 아이들을 사랑하는 것보다 더 나아가는 게 인정해 주는 것이고, 더 나아가서는 존중해 주는 것이라고요. 예를 들면 어른이 초등학교 5학년을 보면 어린애 같지만, 초등학교 2학년이 보면 어마어마하게 높아 보이고, 멘토이고, 영웅이고, 배우고 의지하고 싶은 막강한 존재거든요.

아이들을 도와줘야 하는 존재로만 보면 안 되겠다, 저 아이들도 나름대로 존경받는 막강한 힘을 가지고 있다. 아이들에게 사랑도 줘야 하지만 뭐든지 할 수 있다고 인정해 주는 것도 필요하다는 거죠.

아마추어리즘, 그것이 삶을 풍요롭게 한다

김 《손바닥 아트》에서 나와 같은 고민을 하신 걸 본 적이 있어요. 누가 아이에게 미래나 진로를 물어볼 때, 그 답변이 "본인이 좋아하는 거 시키세요. 좋아하는 거 안 시켰더니 나중에 삶이 변변치 않더라. 죄책감 그런 게 느껴졌다"고 하셨던데요. 나도 사실 그런 말 많이 하거든요. 학부모들에게 "아이가 좋아하는 거 시키세요"라고요. 그런데 우리 사회는 아이가 좋아하는 걸 쭉 했을 때, 나중에 아이를 기다려 주는 지점이 있어야 하는데 그렇게 성장한 아이를 기다려 주는 지점이 없다는 게 안타깝습니다.

박 그게 제 고종사촌 동생 이야기입니다. 그 고종사촌 동생이 운동을 해서 몸이 아주 좋습니다. 헬스장에서도 강사도 하고. 그런데 경기가 나빠지니까, 또 다른 것도 생각해 봐야 되고……. 그런데 지금은 또 한대요.

우리나라는 너무 프로에 대해서 집착이 많아요. 만약 만화를 그리는 게 좋아서 만화가가 되고 싶다, 그러면 우리 부모님이나 선생님은 이 아이가 만화를 그리면 안정적으로 먹고살 수 있을까, 이게 초미의 관심사거든요. 음악을 해도 마찬가지죠.

꼭 프로가 돼야 하나? 만화를 그리거나, 그림을 그리는 것을 좋아하는데 프로가 되기는 힘드니까 포기해 버리고 잊어 버리고 붓을 꺾어 버리는데, 와~ 꼭 그렇게만 해야 하나?

다른 일을 하면서 그것을 즐길 수 있는데, 두 개, 세 개의 일을 하면서 할 수 있는데 말입니다. 유럽의 만화가들은 투잡을 많이 합니다. 만화만 해서 먹고살기는 힘들거든요. 다른 일 하면서 노래를 즐기고 만화를 즐기고……. 아마추어리즘이거든요. 그것이 삶을 풍요롭게 해주거든요.

나이 들고 직장은 없고 할 일도 없는데 몸은 괜찮아. 등산도 한두 번이지! 그래서 서울 같은 경우에는 지하철을 타고 쭉 한 바퀴

도는 거예요. 저는 그게 너무 가슴 아픈 거예요. 우리가 교육, 문화, 환경에 아마추어리즘이 풍부해서 자기가 그림에 맛을 들이면, 지하철에 앉아서 그림을 그릴 게 너무 많아요. 이 세상에 그림 그릴 보물이 너무 많은데……. 그림만이 아니라, 음악, 노래, 연극, 장사 등 할 수 있는 게 너무 많거든요. 굉장히 할 일이 많은데 아이들에게 꼭 하나 그것에 인생의 승부를 걸라고 요구하니 답답해요. 프로가 아니더라도 아마추어적으로 인생을 즐길 수 있는 게 많잖아요? 특히 나이 들수록 그런 게 없으면 사는 의미가 더 없어지죠.

김 어른들이 아이들에게 요구하는 걸 최소한으로 하고, 아이들이 자기 결을 따라서 자기 길을 가는 걸 지켜보고 도와주는 것, 이게 중요한 것 같습니다.

박 그리고 우리 아이들에게 아쉬운 게 있다면, 열심히 공부했는데 뭘 해야 할지 모르겠다는 거예요. 교육이 할 일이란, 아이들이 무엇을 좋아하고 무엇을 해야 하는지 알게 해주는 게 급선무예요. 학교에서 아이들이 이런저런 걸 접해볼 수 있는 환경을 주어서 여러 가지 간을 봐야 '앞으로 저런 걸 해볼까?' 하는 생각을 할 텐데. 창의적 체험활동도 시늉만 하니까.

국민 상식이 되는 학과 공부만 하고 나머지는 이것저것 많이 해보면서 선배나 친구들과 어울려야 해요. 방과 후에 선후배가 모여서 무엇인가에 푹 빠져서 이야기를 하다가 자기의 길을 발견한 사람도 많아요. 이처럼 자기의 길을 발견할 수 있는 기회가 많이 노출되어야 하는데 우리 학교는 그런 게 너무 없어요.

수업시간은 뭔가 몰입을 하려고 하면 땡하고 종을 치죠. 몰입은

2~3시간 쭉 빠져들어야 그 맛을 보는데, 그림도 조금 그리다가 땡, 하면 맛을 모르죠. 그림에 매료되면 밥도 먹기 싫고 그림을 그리는 재미에 푹 빠지게 되어 있는데, 이런 기회가 너무 적어요.

김 유치원에 아이들을 풀어 놓으면 아이들끼리 규칙을 만들고 잘 놀거든요. 그걸 보면 아이들은 어른들이 놓아 두어도 잘 움직이는 존재들인데 교육이라는 미명하에 수많은 지식을 떠먹이고, 시험을 치르고, 줄 세우고, 그것이 나중에는 사회에서 계급처럼 되고.

박 맞아요. 참 아쉽습니다. 우리 동네 놀이터를 우레탄으로 다 바꾸었습니다. 아이들이 다치지도 않고, 더럽지도 않게. 그런데 동네에 조그마한 맨땅이 있는데 아이들은 놀이터보다도 그곳에 모여서 돌멩이 주워 성을 만들며 놀아요. 판판한 곳은 아무것도 할 게 없으니까.

메뚜기 하나를 봐도 이 세상에서 가장 뛰어난 기계보다 신비한 생명이죠. 그런데 우리 아이들에겐 그 생명력을 만나는 그 감탄과 신비감을 만날 겨를이 없는 거죠. 교육감님과 똑같은 생각인 게, 아이들을 믿어야 합니다.

저는 월화수목금이 있으면, 예를 들면 수요일은 아이들 자기들끼리 하는 날이라고 정해서 "너희끼리 놀아라" 했으면 좋겠습니다.

선생님도 '좋은 교육을 해야 한다'는 압박감에 '해주고, 해주고' 하는 생각만 하니까 아이들을 항상 피교육자로 만드는 것 같습니다. 물론 나쁜 교육보다는 백배 낫지만.

다른 나라 아이들은 쉬는 시간에 그림을 그리네, 하며 자기 즐거움을 찾는데, 우리나라 아이들은 할 게 없어서 가만히 있어요. 시키는 건 너무 잘하는데……. 외국 기업에 취직을 해도 수동적이고 자발성이 없으니 팀을 맡으면 못한다는 거죠. 그러니 쫓겨나는 수밖에요.

이게 우리나라 교육의 현 모습이에요. 오래전 제가 저의 모교 초등학교 가서, "선생님 말, 부모님 말 너무 듣지 말고 너희들이 계획을 세워서 교장선생님께 연못을 파서 물고기를 기르고 싶고 동물원을 만들고 싶다"고 말해 보라고 한 적이 있어요.

아이들이 스스로 기획해서 성취하는 것을 보고 싶어요. 자발적으로 하면 되는구나, 실패도 할 수 있구나, 직접 깨닫는 거죠. 그리고 그런 일을 여러 명이 했을 때 성공의 기쁨은 더 크죠. 여러 명이 자기들끼리 하다 보면 티격태격하죠. 어떤 아이는 도망가고, 어떤 아이는 투덜거리고, 이런 것을 겪는 거죠. 그걸 겪고 서로 다투면서 어떻게든 해서 성공했을 때의 기쁨은 이루 말할 수 없죠.

제가 생각하기에는 우리 아이들은 너무 수동적이에요. 교사들은 시험 출제하고 채점하고, 아이들은 배우고 평가받고. 이게 과연 참, 사람 할 짓인가! 학생들도 출제할 수 있지 않을까. 질문을 할 수 있다는 게 얼마나 중요합니까? 자신 인생의 질문 몇 가지만 있어도 학문을 하는 것이지 않습니까? 자기 나름대로의 질문 같은 걸 아이가 출제해서 아이가 채점해 보는, 그래서 그 주제에 대해서만은 확실히 아는 것이 진짜 공부 아닐까요.

지금처럼 수동적으로 살면 법관이 되어서도 판결할 때 엄마한테 물어보지 않을까요? (웃음)

김 하긴 요즘 일부 신규 판사들은 "부장님! 법령 검색, 판례

검색은 저희가 하겠습니다. 사실관계 판단은 부장님이 해주세요"
그런답디다. 문제 발견 능력, 문제 제기 능력, 문제 해결 능력, 이런 훈련이 제대로 되어 있지 않으니까 이런 일이 생기는 거죠.

과거 비평준화 때 명문고 학생들은 배경이 굉장히 다양했죠. 굉장히 잘사는 집, 하루 세끼 먹기도 힘든 집 등등. 그러나 요즘 특목고, 자사고에 그런 가정의 아이들은 아예 접근도 못합니다.

박 맞아요. 잘사는 아이들이 공부도 잘하고 품행도 착한 것처럼 되어 버렸습니다. 참 신기하죠? 못 살다 보면 아무래도 마음도 단단해지고, 좋은 환경도 안 되고.

김 독일에서 자녀를 유치원에 보낸 이의 경험담입니다. 학부모 면담을 요청해 와서 유치원에 갔더니, "당신의 아이가 다른 아이에게 자기 물건을 빼앗겼는데 왜 항의를 하지 않는 거냐? 도대체 집에서 어떻게 교육을 시킨 거냐?"며 나무라더랍니다.

이것이 인권 교육이죠. 그 사람들을 보면, 내가 내 것을 양보할 수는 있지만 침해당할 수는 없다는 게 확고하죠. 이게 굉장히 강한 거죠. 이런 의식을 가지고 자라면 성인이 되어서 국가 권력이 내 권리를 침해하는 경우, 당당하게 방어를 하는 거죠. 그런데 그런 과정을 거치지 않고 수동적으로 성장해 온 아이들은 국가 권력이 자신의 권리를 침해하는데도 침해당하는 사실도 모르고, 인식한다고 하더라도 방어할 의지도 능력도 없는 거죠.

박 학교자치법정을 한다니까 너무 반가운 생각이 드네요. 제가 선생하면서 제일 당혹스러웠던 것이 아이들이 돈 잃어 버린 거

해결하는 거였어요. 도난, 폭력, 인권 침해 문제를 스스로 자치법정을 하며 다루게 되면 섬세하게 작은 것까지 돌아보게 되고 권리나 책임에 대해서 스스로 생각하고 자기들의 문제는 자기들이 해결할 수 있을 텐데요. 우리 문제를 누구한테 가서 검사받고 지도받고 하는 것에서 벗어날 수 있구나, 하는 자부심도 들겠죠.

김 몇 년 전 '교육감님은 학교자치법정에 대해서 어떻게 생각하시나요?' 전주의 고등학생으로부터 이런 이메일을 받은 적이 있어요. 장학관, 장학사의 도움까지 받아가며 긍정적으로 설명을 했어요. 그 학생은 부모님과 교사에게 혼나 가며 일을 추진했어요. 결국 성공했는데 가해 학생의 수용도가 학교 측이 내리는 징계와 차원이 다르게 높았대요. 자율의 힘이죠.

박 요즘은 기업들이 변하고 있어요. 기업에서 사람을 뽑을 때 명문대 성적순으로 뽑아 봤더니 일하는 게 별로라는 거예요. 재능 있는 사람들은 와서 일하다가 맘에 안 들면 그냥 가버리거나, 기술만 가지고 가버린다는 거예요. 그래서 요즘은 자발적으로 일을 해보고 싶은 애정, 믿음, 성실성, 이런 것들을 보게 된다는 거예요. 당장의 성적이 아닌 다른 품성을 보고 뽑는 기업이 많이 늘어나고 있어요. 이제는 공부만 해서는 미래가 아주 불투명하다는 거죠.

김 독일에서는 기업체에서 신입생을 뽑을 때 점수를 보는데 1점만 쭉 맞은 아이들을 기피한다고 합니다. 1점만 쭉 맞은 최우수 상위권 아이들은 혼자 하는 일만 잘한다는 거예요.

박 저는 교육의 목적이 쾌락, 기쁨, 즐거움을 추구하는 거라고 생각해요. '뭘 하는 게 너무 즐겁더라'라는 거죠. 수학을 하든, 과학을 하든, 자기 나름대로 즐거움을 찾으면 됩니다.

김 제 생각과 참 비슷합니다. 3년 넘게 꿈꿔 온 전북 교육은 '우리 아이들이 하루하루 즐겁게 사는 것, 배우는 것도 즐겁고, 노는 것도 즐겁고, 친구들과 어울리는 것도 즐거운 것'입니다. '하루하루 세계가 어쩜 이렇게 새롭냐?' '아 내가 어제까지는 몰랐는데, 오늘은 알게 되었네!' 아이들에게 숨겨진 학습 로맨스를 찾아주고 싶어요. 어느 학교를 가든지 아이들을 보고 '저게 저렇게 즐거울까?' 그걸 보는 게 제 꿈입니다.

박 아, 너무 좋습니다. 사람이 수학 문제를 풀 때도, 푸는 수준이 낮아도 문제를 푸는 것에 대한 기쁨이 상당히 큰 거거든요. 내가 생각해서 풀었으니까 너무 기쁜 거예요. 그러므로 다른 애들과 꼭 안 맞춰 봐도 되는데……. 학교라는 곳이 상대적으로 비교를 하니까, 단맛은 모르고 쓴맛만 보고 자라지요. 쓴맛만 보고 졸업한 아이가 뭘 하겠어요?

김 우리나라 중학년 3학년 수학 교과서 수준이, 미국 고등학교 3학년 수준하고 똑같습니다. 그렇게 어렵게 만들어 놨습니다.

박 맞습니다. 너무 어렵습니다. 그러니 그걸 푸는 우리 아이들에게 존경심을 가져야 합니다. 앞으로는 수학을 푸는 능력에 초점을 두지 말고, 수학을 얼마나 즐겁게 보느냐에 관심을 주었으면 합니다.

박 선물을 하려고 책 한 권을 가지고 왔어요. 《아버지의 일기장》이라는 책입니다.

김 감사합니다. 저는 화백님을 만나기 전에 《인생만화》를 읽었는데요. 그 책을 읽으면서 어쩌면 그렇게 부자지간에 생활 방식이 그리 비슷한지. 어지르는 것 좋아하고 담배꽁초로 탑을 쌓고, 딸인 솔나리에 대해서도 아빠가 딸을 보는 애절한 마음이 그대로 배어나오더라고요.

박 저는 우리 아이가 고등학교 1학년 때, 얘를 어른 대접해 줘야겠다는 생각을 했습니다. 고1 때 내 모습이 생각이 났거든요. 그래서 '친구로 지내야겠다' 결심했죠. 인도의 옛말에 '자식이 16살이 되면 친구로 대하라'는 말이 있어요. 우리가 친구로 대하지 않으니까 모든 문제가 생기는구나. 그래서 친구로 대하기로 마음먹었어요.

그러다 보니 친구끼리 담배 피지 마라 할 수가 있나! 처음에는 이거 그래도 내가 아버지인데 조상님들에게 이게, 참. 그래도 내가 좋은 아버지가 될 자신은 없고 친구로 지낼 수밖에요.

아들이 나를 부를 때도 아빠라고 부르기도 하지만 "박재동!" 이렇게도 불러요. 나는 이게 너무 좋은 거예요. 아들하고 진짜 만나는 느낌이 들어요. 둘이 있을 때 속에 있는 이야기를 하는데 너무 살갑습니다. 온갖 얘기가 끝난 후에 뭔가 조언을 요청해 오면, 그 다음은 나도 걱정은 되지만 친구니까 "네 인생은 네가 알아서 해" 하죠. 그러고 지내고 있습니다.

옛날 우리 아버지 세대는 자기 꿈이 없었어요. 우리 아버지는 원래 꿈이 있었지만 병환으로 꿈을 접고 오직 남은 꿈이라고는 아이들은 나처럼 살지 않았으면, 건강하게 자기 꿈을 펼칠 수 있었으면 좋겠다, 하는 거였어요. 이것이 아버지의 소망이셨어요. 우리 자식은 나처럼 살지 않게 해야지, 공부를 해서 자기 꿈을 가지고 살았으면 하는 아버지의 소망과 희생 속에서 제가 태어난 거죠.

전에 어느 방송에 어버이날에 우리 시대 아버지들이 자식에게 희생을 하고 텅 빈 뒷모습, 처진 어깨로 걸어가는 모습을 보고 있는데 아들이 나보고 "어떤 아버지가 되고 싶냐?"고 묻는 거예요.

"나는 저런 아버지 되고 싶지 않다. 나는 자식을 위해 희생하는 아버지가 되고 싶지 않다. 나는 내 자식과 삶의 동지로 살고 싶고, 때로는 경쟁자로서 살고 싶지, 내가 희생자로 사는 것은 원치 않는다"고 답해 줬어요.

내가 내 꿈을 이루고 살고, 저도 제 꿈을 이루면서 같이 살면 되는 것 아닌가요?

김 흔히 부자지간에도 권력 관계가 존재하지요. 그런데 박 화백님의 부자 관계를 보면, 서로가 서로를 하나의 인격체로 존중하고 있다 생각합니다. 대단한 삶의 태도라고 봅니다.

이렇게 벌써 한나절이 훌쩍 지나갔는데요. 박 화백님 다음 일정도 있으시고, 이제 아쉽지만 대화를 마무리해야겠습니다. 제가 전북교육감이니까요. 전북 교육, 아울러 대한민국 교육에 대해서 한 말씀이 있다면 해주시면 감사하겠습니다.

박 전북이 변방이라고들 하지만, 문화적인 수용력이나 마인드가 제일 높은 곳이라고 생각합니다. 제가 경상도 출신인데, 경상도 사람들은 척박하다 보니 강함을 추구하고 경쟁을 잘합니다. 반면 호남은 농산물도 풍부하고 문화 예술가들을 존중하는 풍토가 있습니다. 그래서 예술적 마인드 자체가 문화적으로 늘 앞서 있습니다. 그리고 합리적이고 진보적입니다.

교육 현장에서 교사와 학생이 서로 믿고 친구가 되면 모든 것이 끝납니다. 현재 교육감이 그런 것을 지향하고 있으니까 전북 교육에서 일어난 행복의 바람이 대한민국 전체에 퍼지길 바랍니다. 그리고 그것이 깊게 뿌리를 내렸으면 좋겠네요.

김 오늘 긴 시간 내주셔서 정말 고맙습니다.

박재동 화백과 나. 1953년 동갑내기. 대학은 다르지만 학번은 같은 72학번, 이름하여 유신 학번이다. 한 사람은 경상도 출신, 다른 한 사람은 전라도 출신. 그리고 대학 3학년 무렵, 둘은 서로를 전혀 몰랐지만, 서울 왕십리 중앙시장 옆 신당동에서 놀고 있었다. 그리고 약속하지는 않았지만 우리는 그 당시의 시대 유행에 따라 장발을 하고 다녔다. 아니 좀 더 엄밀하게 말하자면, 한 사람은 예술가의 기질이 자연스레 장발로 이어진 경우이고, 다른 한 사람은 돈도 아깝고 시간도 아까워서 비자발적으로 장발을 하고 다녔다. 그런데 자신의 기질과는 어울리지 않게 장발을 하고 다니던 나는 신당동 파출소에 끌려가서 가위로 머리카락을 잘린 아주 기분 나쁜 일을 경험해야 했다.

박 화백과 함께 길을 걷고 차를 마시고 커피를 마시고 대화하면서 느낀 것은 우리 둘 사이에 사유와 표현과 감정의 경계가 없다는 것이었다. 편했다. 우선 아이들의 교육관에서 서로의 내면을 훔쳐본 듯이 같았다. 오늘 나눈 이야기를 간단하고도 아주 쉽게 표현하면, 아이들은 그 스스로 자신의 생각을 가지고 자랄 수 있도록 놓아두라는 것이다.

우리나라 학생(과 학부모들)은 자신들(자녀들)의 진로에 대해서 불안감에 젖어 있다. 무엇이 나에게 맞는가? 무엇을 해야 하는가? 자신의 진로에 대해서 물음표는 있지만 그 답을 찾는 것은 쉽지 않다. 이 부분에서 우리 두 사람은 같은 말을 하고 있었다. 그것은 '재미있는 것을 하라'였다. 박 화백은 여기에서 더 나아갔다. 자신이 재미있어 하는 것이라고 해서 그것을 꼭 자신의 주된 직업으로 삼아야 할 필요는 없다는 것이었다.

평생 직접 만날 기회도, 서로를 알 기회도 거의 없었던 두 사람이 묻고 답하는 사이, 생각의 접점을 많이 발견할 수 있었다. 그 이

박재동 화백이 그린 김승환 교육감.

유는 무엇일까? 그것은 아마도 교육의 본질이 무엇인지에 대해 올바른 생각을 갖고 있다면, 그 사람이 어떤 전공에 천착해 왔건, 어느 지역에서 일해 왔건, 같은 방향의 생각을 가질 수밖에 없다는 것을 의미하는 것이 아닐까?

박재동 화백, 그의 생각이나 삶은 '속도'에서 한참 벗어나 있었다. 그와의 만남을 통해서 나는 멈춰 서고, 기다리고, 다시 들여다보는 그의 모습을 볼 수 있었다. 곽노현 교수가 서울시교육감으로 재직할 때, 그는 혁신학교자문위원장을 맡아 서울시 교육을 도왔다. 그러나 그것도 잠시였다. 그 와중에 그의 가슴속에는 분명 뭔가가 꿈틀거리고 있었을 것이다. 하지만 그는 그것에 관해서 깊이 말하지는 않았다. 그런 일이 있었다는 정도의 언급으로 끝냈다. 그래서 나도 묻지 않았다. 사람이 사람을 만나고, 사람이 시대를 만나는 일이 참으로 엄중하다는 생각을 했다.

그와 만난 시간은 길지 않았다. 하지만 서로에게 자신의 모습을 여과 없이 남김없이 충분히 드러내 보였다. 솔직 담백하다는 점에서 볼 때, 박 화백은 확실히 나보다 앞서 있었다. 그것이 단순히 예술가와 법률가의 차이에서 비롯된 것은 아닐 것이다. 그의 품성이 그렇다고 보아야 한다. 나도 감추고 꾸미는 것을 체질적으로 거부하는 편이지만, 그는 그런 것들을 거의 완벽하게 거부하고 있었다. 그래서 존경스러웠다. 한 사람의 벗을 만난 기분, 한 사람의 스승을 만난 감격, 한 사람의 장인을 만난 짜릿함을 안고 발길을 돌렸다.

"나는 아이들을 보면 가끔 "학교 가고 싶냐?"고 물어본다. 대체로 별로라고 한다. (…) 나는 지난날 6년간 고등학교에서 미술교사를 한 적이 있다. 그때 내가 느낀 것은, 초·중·고 12년 동안 그 청춘의 시간을 보내는 학교 생활이 행복하지 않다는 것이다. 만약 아이들이 아침에 일어나서 학교에 가고 싶다면, 그리고 저녁에는 하고 싶은 일이 많아 집에 오고 싶지 않다면, 그 삶은 얼마나 행복할까! 나는 서울시교육청에서 혁신학교 자문위원장 등으로 일을 돕고 있는데 수많은 강령이 있지만, 그 핵심을 딱 한마디로 말한다면 '가고 싶은 학교'다. 이것만 되면 다 된다는 것이 나의 생각이자 강령이다.

_박재동, 《손바닥 아트》 "학교가 재미없어요" 中에서

박재동 화백은 만화가이자 한국종합예술대학교 교수이다. 전 서울시교육청 혁신학교 정책자문위원장을 역임하였다. 저서로 《손바닥 아트》, 《인생만화》, 《아버지의 일기장》 등이 있다.

공예품
공동
체험학습장

03

전라북도교육감 김승환이
역사학자 한홍구에게
"교육"에 대하여
듣기를 청하였더니,

한홍구가 "오늘"이라고 답하다

"새야 새야 파랑새야" 비록 녹두꽃은 떨어졌으나

–역사, 오늘이 있는 옛날이야기

2013년 10월 27일 일요일 오후 2시. 익산 지역의 온도계는 18도를 가리켰다. 일교차가 큰 탓에 밤에는 으슬으슬하지만 낮에는 따뜻하고 습도가 낮아 활동하기에 그만이다. 그야말로 단풍놀이 가기에 딱 좋은 쾌청한 날씨다. 익산 집에서 출발하면서부터 약간 흥분이 되었다. 날씨 탓만은 아닐 것이다. '낯설음, 새로움'에 대한 기대가 한몫했을 것이다.

만날 사람은 역사학자인 성공회대 한홍구 교수다. 목적지는 정읍시 입암면 대흥리에 있는 보천교(普天敎) 관련 유적지. '입암'이라는 지명은 귀에 쉽게 들어왔다. 교육감이 되어 그곳에 있는 입암초등학교에 간 적이 있기 때문이다.

익산에서 정읍으로 가는 고속도로에서 쳐다본 가을 하늘은 청명했다. 유난히 더웠던 여름도 저만큼 물러나 있었다.

'왜 보천교 유적지에서 만나자고 했을까?'

한홍구 교수는 평소 매스컴을 통해서 많이 접할 수 있었지만, 실제로 만날 일은 별로 없었다. 그를 처음 마주한 것은 2006년 어느 날, 대통령 소속 군의문사진상규명위원회 사무실에서였다. 나는 당시 임기 3년의 위원회 위원으로 활동하고 있었고, 한 교수는 자문위원으로 참여하고 있었다. 위원장과 1인의 상임위원을 포함한 7인의 위원들은 한홍구 교수의 자문 의견을 들을 기회가 여러 차례 있었다. 그때마다 느낀 것은 사안의 본질과 전체적 맥락에 대해 빈틈없이 의견을 제시한다는 것이었다.

그로부터 여러 해가 지났는데, 2013년 9월에 불현듯 한 교수 생각이 났다. 그 계기가 된 것은 교학사가 발행하는 《고교 한국사》였다. 이 책을 본 나의 느낌은 '일본 야스쿠니 신사와 일왕에게 바쳐야 할 책'이라는 것이었다. 그런데 여기에 머물러서는 안 되겠다는 생각이 들었다. 사람들의 역사 의식을 깨우는 작업을 해야겠다는 결심을 했고, 그 첫 번째 작업으로 학부모 대상 역사 특강을 구상했다.

한 교수에게 연락을 하자 특강을 쾌히 승낙했다. 특강을 하는 날, 나는 모든 업무를 뒤로 하고 학부모들과 함께 세 시간의 특강을 들었다. 학부모들의 반응은 충격과 탄식이었다. '역사는 이런 것이었구나'라는 충격과 그런데 '왜 우리는 학창 시절 역사 공부를 그렇게 했나'라는 탄식이었다.

오후 3시 10분, 우연의 일치인지 우리는 비슷한 색조의 얇은 천으로 만든 목도리를 목에 두르고 있었다. 가을 땅기운이 벌써 키 작은 우리 둘의 목만큼 올라왔나 보다. 한 교수의 트레이드마크 같은 긴 턱수염은 발그레 달아오른 얼굴과 대비되며 햇빛에 빛났다.

부끄러운 일이기는 하지만 나는 보천교에 대해서 이날 처음 알게 되었다. 본당을 비롯한 보천교의 흔적들이 여기저기 남아 있었다. 동학농민혁명이 미완의 혁명으로 막을 내리고, 조선의 민중들이 정신적으로 방황하던 시대에 차경석(車京石)을 교주로 하는 보천교가 나타났고 그 교세는 날로 확장되어 갔다고 한다. 당시 보천교가 주장하는 신도의 수는 약 6백만 명이었고, 총독부가 추산하는 숫자는 약 2백만 명이었다고 한다. 당시의 조선 인구가 약 2천만 명인 것을 감안하면 그 교세가 얼마나 컸는지를 짐작할 수 있을 것이다.

왜 우리가 처음 만나는 장소가 보천교여야 했는지는 이어지는 대화를 통해서 하나둘 풀리기 시작했다.

알아야 보인다

한홍구(이하 한) 19세기 말과 20세기 초, 역사의 격동기에 동학, 증산교, 보천교, 원불교 등 새로운 종교가 많이 출현했습니다. 그런데 이들 종교들이 모두 전북에서 비롯되었거나 전북을 주요 근거지로 하고 있었어요. 전북이 우리 역사의 가장 힘들었던 시기에 정신적 중심지 역할을 했습니다. 이런 정신적 역할을 했던 곳이, 오늘날 교육과 학생들에게 자극이 될 수 있지 않을까 해서 전북의 역사를

정읍시 입암면 대흥리 보천교 본당 터와 외곽을 둘러싼 성곽 유적.

다시 돌이켜 보자는 의미로 이곳으로 왔습니다. 특히 오늘 온 이 장소는, 일제강점기의 보천교와 관련이 있었어요. 우리나라 신종교인데 확 하고 일어났다가 금방 없어졌습니다.

전라북도가 일제강점기에 새로운 종교가 가장 많이 성장한 곳이라는 말은 처음 들었는데, 한 교수의 설명을 듣고 잠시 정리를 해보니, 정말 그랬었구나 하는 생각이 들었다. 하지만 의문이 남았다. 왜 전라북도인가? 대한민국에 수많은 지역이 있는데, 왜 하필 전라북도에서 새로운 종교들이 많이 태동했단 말인가?

김승환(이하 김) 네, 그렇군요. 일제강점기 때 급성장한 종교라면 당시 암담한 처지에 있던 조선 민중에게는 무언가 큰 희망을 주었다고 할 수 있지 않겠습니까?

한 보천교라는 종교의 역사적 역할이 어떤 것이었는지는 사람마다 평가하는 시각이 다를 것입니다. 그러나 일제강점기라는 엄혹한 시절 마음 붙일 곳 없었던 조선 대중들이 가장 많이, 가장 급속하게 끌렸던 종교라고 봅니다. 그런데 이 보천교뿐만 아니라 전북 지역을 볼 때마다 놀라운 것이, 어떻게 당시 사람들의 고통과 한, 염원 등이 모두 이 한 고장에 다 집중되어 있었을까, 하는 것입니다. 적어도 1880~90년대부터 1920년대까지 한 40년 동안 조선 사람들의 마음의 고향 같은 역할을 해왔거든요.

김 전라북도에서 영향력 있는 종교들이 많이 일어난 그 특별한 원인들이 있을 것 같은데요?

한 아마도 여기가 물산이 풍부하고, 지세도 사람들로 하여금 깊은 생각을 할 수 있는 조건을 가지고 있는 것 같습니다. 물산이 풍부하다는 것은 상대적으로 수탈과 착취가 심할 수 있다는 것입니다. 기독교, 불교, 가톨릭, 원불교를 일컬어 4대 종교라 칭하는데, 이 모두 일제강점기를 거쳐 근대에 와서 번창했습니다. 그것은 한국 근현대사가 그만큼 힘들었다는 것입니다. 임진왜란을 겪고 조선 후기로 들어오면서 내부적으로 발전하려고 요동을 치는 가운데, 밖으로부터 감당하기 힘든 힘이 들어옵니다.

안팎에 대한 불안감과 고통이 몰려오는 그 중심적인 땅이 이곳이 아닌가 싶어요. 이를테면 여기 정읍 인근은 동학농민전쟁이 일어난 곳이자 또 가장 치열한 전투가 벌어져 심하게 당한 곳이기도 하잖습니까? 아마 이런 것들이 겹쳐지면서, 영적인 중심지이자 또 한편으로는 정치적 개혁의 중심지이고, 동시에 개혁의 시도가 좌절되었을 때 그것을 안으로 품어 들이는 공간이 전라북도이지 않았나 하는 생각이 듭니다.

김 전북의 땅이 문화, 예술, 종교로 이어지는 정신 영역이 상당히 발달한 곳이라 볼 수 있다는 것인데요. 그런데 이 대목에서 하나의 의문이 있습니다. 그 당시 그렇게도 강력했던 보천교가 어떻게 이토록 하나의 흔적도 남기지 않고 사라졌는지 궁금합니다.

나는 한 교수와 함께 보천교 교당으로 들어가 보기도 하고, 길을 걷기도 하면서 보천교에 얽힌 이야기를 듣기 시작했다. 그는 보천교 전공이라고 말해도 지나침이 없을 정도로 보천교에 관한 이야기들을 많이 알고 있었다. 먼 옛날의 이야기 같지만 햇수를 세어

보니 보천교가 스러진 지는 불과 80년도 되지 않았다.

한 보천교는 현재 아무것도 안 남았습니다. 집 몇 채만 달랑 남아 있죠. 그런데 당시 사진을 보면 정말 위세 등등했습니다.

1920년대 그 당시 남북한 합쳐서 인구수가 2천만 남짓이라고 하는데요. 보천교가 주장하길, 자기네 신자가 6백만이라 했구요, 그리고 총독부에서도 2백만이라고 했습니다. 하여튼 어마어마한 것이죠. 현재는 그 당시의 사무실만 남아 있지만, 그때만 해도 이 일대 전체가 보천교 마을이었습니다.

김 신도시였네요.

한 그렇죠. 신도시 규모가 어느 정도였냐면, 일제가 조선 사람들의 기를 죽이기 위해서 남산에 조선신궁(朝鮮神宮)을 지었는데, 그때 돈으로 공사비가 150만 원이 들었다고 합니다. 그런데 여기 신도시를 짓는 데는 그보다도 더 들었다는 거예요.

일제와의 대결의식은 분명했어요. 교주가 차경석인데요. 별명이 차천자(車天子)였습니다. 어떤 식으로 사람을 모았냐면, 일본이 망하면 내가 천자가 된다는 말을 하고 다녔죠. 어떻게 보면 혹세무민이라고 볼 수도 있지만, 당시 사람들 입장에서는 아직도 해방 후의 정치 체제를 민주공화국보다는 군주제가 들어서는 것이 당연하다고 보는 사람들이 많았습니다. 차경석은 일제강점기에 고통받고 있었던 사람들의 마음을 어느 누구보다도 확 사로잡은 거죠. 그러다 보니 일제 입장에서도 두려워하고 경계했던 게 보천교죠.

여기 있었던 것 중에 가장 대표적이고 중심이 되는 건축물인 십

일전(十一殿)을 그대로 뜯어다가 옮겨 지은 것이 현재의 조계사 대웅전입니다. 당시로서는 어마어마하게 큰 건물이었는데 공사비가 50만 원이었다고 합니다. 그 다음에 보화문(普化門)이라는 2층 건물이 있었어요. 뜯어다가 단층으로 줄여 내장사 대웅전을 만들었는데, 안타깝게 2012년 화제로 전소되었지요. 보천교는 한때 영화를 누렸다가 아주 쓸쓸하게 퇴락해 버렸는데 여기가 바로 그 현장입니다.

보천교의 본당을 중심으로 인근에 신도시를 건설하는 데 들어간 돈이, 일제가 남산에 식민 통치의 랜드마크로 건설한 조선신궁을 짓는 데 소요된 비용보다 더 많이 들어갔다니! 그중 가장 대표적인 건축물을 뜯어서 옮긴 것이 현재의 조계사 대웅전이고, 보화문을 뜯어다가 내장사 대웅전을 짓는 데 사용했단다. 이 순간 나는 역사에 관한 지적 충격에 휩싸이지 않을 수 없었다.

김 미스터리네요. 그 당시 그렇게 강력했던 보천교가 이렇게 하나의 흔적도 없이 사라졌다는 것을 어떻게 이해해야 할지 모르겠습니다.

한 보천교의 쇠락은 이렇게 설명할 수 있을 것 같아요. 교리의 성숙과 같은 종교 자체의 힘이 미미한 가운데, 카리스마를 가진 지도자가 죽으면서 신자들이 쉽게 흩어진 거죠. 거기에 일본 제국주의 권력이 엄청나게 탄압을 하면서 마을이 완전히 해체돼 버리고요.

엄청난 돈을 들여 으리으리하게 지은 건물은 일제가 불교를 친일로 끌어들이기 위해 특혜를 주어 불교 쪽에 넘겨준 거지요. 보천교가 이런 것을 이겨낼 만한 내적 힘이 없었던 겁니다. 그러나 그 가운데에서도 다른 근대 종교들이 전북에서 발전했었다는 것, 그런 부분들을 눈여겨봐야 할 것 같습니다.

김 특정 종교의 흥망성쇠는 있었다 하더라도, 종교적 에너지는 사라지지 않고 그대로 살아 있다, 이 말씀인 거잖아요?

한 그렇지요. 우리가 특정 종교를 말하는 것이 아니고요. 우리 근현대사의 19세기 말 20세기 초 격변의 역사를 겪었던 한국 조상들이 당시 가지고 있었던 고통과 불안감을 어떻게 이겨냈느냐 하는 것들을, 지금 이 시대를 살아가는 우리들이 '지금, 여기'의 현실을 돌아보면서 깊이 성찰해 봤으면 하는 거죠.

종교를 필요로 했었던 수많은 사람들의 고통과 한이 집결된 곳이 바로 이곳이었으니까요. 어디로 가야 할지 방향도 모르고 많이 불안해 할 때, 마음의 병, 치유, 꿈, 이런 것들이 담겨져 있었던 곳이죠. 그래서 한국 근현대사에서 가장 중요한 장소가 아닐까 생각하는 겁니다.

아울러 우리 교육계에서는 '조상들, 민중들이 지녔던 정신적 가치를 어떻게 우리의 학생들과 나눌 것인가?' 그런 고민들을 해봤으면 합니다. 지금 우리 학생들이 많이 아프잖아요. 교육감이라는 중책을 맡고 계신데요. 이게 물론 종교와 역할이 다르지만 교육감님도 아이들의 꿈과 마음, 그리고 아이들이 어떻게 살아야 하나, 그런 부분을 깊게 고민하시면서 자신의 임무를 수행해야 한다고 보거든요.

김 그렇죠. 이런 역사적 흔적들을 교육이 외면하거나 눈감거나 모른다고 해서는 안 되지요.

그렇다. 역사는 단절적으로 일어났다 사라지는 것은 아니다. 흔적도 보이지 않는 것 같지만, 어느 시기가 되면 그 실질은 변하지 않으면서 형태 또는 외피를 달리하며 나타난다. 마치 갑오동학혁명이 완전히 진압된 것처럼 보였지만, 혁명군이 주창했던 보국안민의 정신은 사라지지 않고 일제강점기의 의병운동으로, 해방 후 반독재와 민주화운동으로 이어져 온 것과 같지 않을까? 역사의 맥을 이렇게 파악한다면, 보천교는 사라졌지만 그 정신, 즉 민중의 고통과 한을 껴안아 주고, 다독여 주고, 풀어 주는 새로운 뭔가가 일어나는 것은 필연적인 것이지 않을까?

한 재미있는 게, 전쟁 이야기를 전라도에서 듣는 것과 경상도에서 듣는 것이 전혀 다릅니다. 전쟁을 부르는 호칭부터 다르니까요. 여기에서는 인공 때라고 하지요. 경상도에서는 6·25 때라고 합니다. 저는 어른들의 서로 다른 전쟁 체험이 현재의 지역 갈등과 무관하지 않다고 보는데요. 사실은 이곳의 독특한 역사적 체험이 어느 호남 변방의 이야기가 아니라, 한국전쟁을 이해하고 나아가 한국 현대사 전체를 이해하는 데에 중심적 이야기가 되어야 한다고 봅니다.

우리가 해방될 무렵 경성 인구가 백만 정도인 걸 상기한다면, 경성 인구의 몇 배가 보천교 신자였던 셈인데요. 교과서 연대기적 지식으로는 '임시정부가 세워지고, 대한민국을 선포하고 민주공화국으로 이행했다'라고 배우고 가르치고 있지요. 그러나 해방 이후에

도 '대중들의 상당 부분은 아직도 천자나 왕에 익숙해 있었다'가 솔직한 민중의 역사 아니겠습니까?

동학이 깨진 다음에 그 어떤 한이랄까요? 뭐 이런 것들이 밑에서 용솟음치다가, 3·1운동 때 터져 올랐죠. 3·1운동의 결과물로 현재 우리는 정치적으로는 임시정부를 첫손에 꼽지만 당시에 실제 대중들이 쏠렸던 건 이 보천교가 아니었을까 합니다. 현실적으로는 말이죠.

보천교가 잘했다 못했다를 떠나서 대중들이 바라는 변화에 대한 기대와 욕구를 아마 종교 영역에서 활동하시는 분들, 이를테면 차경석 같은 사람이 탁월한 감각으로 간파했고 그 대중의 마음을 사로잡았다고 해석할 수 있는 거죠. 저는 보천교 자체보다도 대중들의 한과 꿈에 더 관심이 갑니다. 한때 보천교가 확 사로잡았던 대중들의 한은 어딘가 밑에 잠복하고 있는데, 그것을 누가 어떻게 동원할 수 있느냐? 그런 것들이 아주 긍정적인 방향으로 만났을 때 세상이 바뀔 수 있지 않을까 싶습니다.

우리 학생들이 우리 민주주의의 발전된 측면만 보다 보면, 지금과 같은 상황을 견디기 힘들죠. 왜 이렇게 MB 정부나 박근혜 정부가 나와서 이 모양인가, 라고요. (웃음) 하지만 실제 민주주의가 어떻게 커왔느냐를 바라보게 하면, 우리가 조금 더 진득하게 동학농민군들이 꿈꿨던 것을 쉽게 포기하지 않고 한 발 한 발 걸어서 그래도 '아, 지금 여기까지 왔구나!'를 느낄 수 있지 않을까 싶습니다.

김 궁금한 게 이렇게 영향력이 있었던 보천교가 우리나라의 역사 교과서는 물론이고 역사 교육에서도 거의 언급되지 않았단 말이죠.

한 우선 연구가 많이 안 되었구요. 또 하나는 민중들이 한꺼번에 확 근대화가 되기는 어렵잖아요. 그 입장에서 보면, 차경석이라는 사람이 민족적인 정서를 갖고 반일적인 태도를 취했다 하더라도 스스로 천자라고 표방한 것이 역사의 올바른 발전 방향이라고 보기는 어렵지요. 그러나 당시 국내의 일반 대중들에게는 멀리 떨어진 임시정부가 내세운 민주공화제보다는 차경석이 말하는 천자국이 현실적으로 더 와 닿았을 겁니다.

그런데 민족주의자들은 서구식 교육을 많이 받았고 근대화되었단 말이죠. 어찌 생각한다면 민족주의자들이 포섭하고 싶어 하는 대중들이 이쪽 보천교로 확 쏠리니까, 민족주의자들이 공격을 많이 했죠. 이쪽을 '혹세무민하는 종교다'라고 비판한 겁니다.

김 그렇군요. 한 교수님과 이렇게 같이 걷지 않았더라면 평생 몰랐을 내용입니다.

한 저도 보천교라는 종교를 뒤늦게 알게 됐습니다. 보천교를 당시의 민족주의 지식인 입장에서 보면 혹세무민처럼 보이는 측면도 있지만, 보천교에 마음을 쏟을 수밖에 없었던 대중들의 처지에서 본다면 이해가 됩니다. 그들은 이 혼탁한 세상이 확 바뀌기를 바랐고, 지금 입장에서 보면 헛된 일이지만 차경석에게 그런 기대를 걸었습니다. 당시 조선 사람의 근 삼분의 일이나 확 쏠렸으니까요.

김 정치 권력이나 기득권 세력이, 일제강점기를 예를 들면 일본 제국주의가 어떤 종교를 칠 때 잘 쓰는 말이 혹세무민이잖아요. '혹세무민'성이 없는 종교도 있습니까?

한 하하하. 없습니다, 없지요. 권력을 가진 세력들의 입장에서는 신종교는 모두 혹세무민이죠. 그리고 모든 종교는 한때 다 신종교였습니다. 기독교도 2,000년 전에는 아주 신종교였지요. 어찌 보면 당시 가장 '혹세무민'했고 혁명적이었습니다. 그런데 그것들이 기득권화 되면서 많이 바뀌게 된 것 아니겠습니까.

한국 신종교의 특징은 개벽 사상이라고 해서 현실의 변화를 이야기하려고 했습니다. 전봉준 장군의 경우는 아주 그 핵심에 섰었던 거죠.

갑오농민전쟁이 실패하고 3·1운동도 독립을 쟁취하지 못한 뒤, 타 종교와 달리 여기 보천교가 확 클 수 있었던 것은 현실의 변화를 얘기한 것이 크다고 봅니다. 차경석은 시국(時國)이라는 새로운 나라, 이를테면 천자국이 새로 열리고 일본은 망할 것이고 그때가 되면 내가 천자로 등극할 것이고, 하는 현세적인 변화의 메시지를 던졌기 때문에 부흥할 수 있었던 거죠.

그건 그렇고, 동네가 참 좋은 것 같아요. 기운이 뭔가 좀 편안해지는 느낌도 있구요.

김 네, 열려 있는 느낌이네요. 종교라는 것이 처음 출발할 때 설정했던 가치가 쭉 이어지면 그 생명이 이어지는데, 그렇지 않고 처음에 기치를 들었던 사람들이 귀족화되면서 무너지는 사례가 굉장히 많은 것 같아요.

한 그래서 새 종교가 끊임없이 나오는 것 아니겠습니까? 지금 현재 한국의 신자 수를 볼 때, 전 세계에서 근대적인 고등종교를 가장 많이 만들어 낸 나라입니다. 역사적인 격변을 겪으면서 마음 다스릴 곳을 찾다 보니 그런 게 아닌가 싶은데요. 현재를 돌아볼 때, 지금 젊은이들이 참 어려운 시절을 겪고 있지요. 이 젊은이들이 종교는 아니라 하더라도 뭔가 마음 붙일 곳을 갈구하고 있는 시대가 아닐까, 라는 생각이 듭니다. 그런 부분에서 교육감님도 무거운 책임을 느끼실 것 같다는 생각이 드는데요.

이런 시기에 이곳에서 교육감으로서 젊은이들의 삶을 보면서 마음이 편할 수는 없다. 낭만을 구가하고 정치를 논하며 철학적 담론을 즐기고 다양한 직업을 둘러보면서 미래를 선택해야 마땅한 젊은이들의 앞에 놓여 있는 것은, 자신의 미래에 대한 불확실성에서 오는 암울함이다.

이들과 함께 인생살이를 이야기하고, 삶의 의미를 논구하는 것만으로는 이들이 겪고 있는 고통을 해결하는 데 별로 도움이 되지 않을 것이다.

교육감이 젊은이들의 삶에 직접적으로 기여할 수 있는 것은 매우 한정되어 있다. 그것은 교원임용시험이나 교육행정직 시험에서 자릿수를 최대한 늘리는 것이다. 그마저도 재량의 여지는 거의 없이 정부가 할당하는 범위 내에서 움직일 수밖에 없다. 이 시대의 지도층에 있는 사람으로서 젊은이들의 방황하는 삶에 상당한 책임감을 느끼지만, 그 책임감을 의미 있게 현실화할 수 있는 여지는 극히 좁다.

교육감으로서 대학 강단에 서는 일이 종종 있다. 교사를 꿈꾸는 청년들 앞에 서면, 그 열정과 풋풋함에 빙긋 웃음을 짓곤 했다. 그러다 쉴 새 없이 토로하는 그들의 수많은 질문들 중, 현재의 내 위치에서 해결할 수 없는 부분을 만나면 깊은 고민에 빠지곤 했다. 만 23년 대학교수로 지내온 삶의 이력이 그들의 삶에 대한 진실한 연민을 불러일으키기 때문이다. 그들이 더 활기차게 움직일 수 있도록 동력을 만들려면, 교육감으로서 또 시대를 앞서 살아온 사람으로서 어떤 일들을 기획해야 할 것인지 고민이 많다.

김 교육이 보천교를 정리하는 게 필요한 것 같아요.

한 보천교뿐만 아니라, 신종교 전체를 같이 보는 게 좋을 것 같습니다.

김 조금 후에 동학농민혁명기념관에 가시겠지만, 동학농민혁명은 정리를 하고 있습니다. 거기에만 국한시키지 말고 전체를 아울러 봐야겠네요.

보천교에 관한 이야기를 마무리 지을 즈음이었다. 길가에서 메주콩을 갈무리하고 있는 노인 한 분을 만났다. 체를 이용해 콩깍지와 검불을 바람에 날리고 있었다. 오월부터 시월까지 땡볕과 비바람을 이겨낸 메수콩은 작은 연노랑 구슬처럼 반짝였다. 탱글탱글 '나 야무지게 살아남았노라'고 말하는 것 같았다. 노인은 보천교를 잘 알고 있었다. 아홉 살 때 해방을 맞이했는데, 어린 시절 보천교 교당을 노상 바라보며 자랐다고 했다. 보천교에 대해 묻자 노인은 기다렸다는 듯, 질문에 답한다.

노인 여기가 십일전이 있었던 자리입니다. 옥돌로 쌓아 올렸던 건축이었는데, 왜놈들이 다 뜯어갔어요. 규모가 어마어마했죠. 마을 길 전체가 성곽으로 뺑 둘러쳐 있었어요. 일제만 쳐들어오지 않

았다면 그대로 괜찮았을 거예요.

한 할아버님 어렸을 때는 여기에 한옥들이 굉장히 많았었죠?

노인 어렸을 때, 저 안이 참 으리으리했죠. 한옥은 이 안에 많았었죠. 담 밖에는 거의 없었어요. 장도 서서 비단 장수 등 별 장사치들이 많이 모였죠. 먹방, 추방, 기방, 감방 등 부유한 사람들이 많이 있었어요. 지금은 다 개인 소유로 넘어왔지만.

한 여기 지금 교인이 남아 있나요?

노인 강원도나 경상도에서 많이 와요. 시제 모시러. 춘분, 하지, 추분, 동지에 와서 시제를 모시고 있어요. 차천자가 막 왕이 되려는 판에 죽으니까, 이곳에 있던 모든 것을 일본에서 다 쓸어갔어요.

한 여기 현지에서는 일본이 쓸어갔다고 생각하고 있는 거죠. 물론 조계종에서 입찰을 해서 사간 거지만, 엄청난 특혜를 준 것이니까 보천교 측에서는 일본이 쓸어가 버렸다고 볼 수도 있을 것입니다.

김 국가보안법의 모법이 치안유지법인데, 치안유지법이 일본에서 정치범과 사상범을 다뤘지만, 실은 많은 조선인들을 그걸로 다뤘잖아요. 그런데 여기도 그렇게 당했을 것 같네요.

한 그 당시에 어찌 생각하면 이런 종교를 더 위험하다고 생각했을 수도 있지요. 치안유지법으로 처벌받은 사람들 중에 종교인이 많습니다. 당시 일본은 기독교, 불교, 천주교 세 종교만 학무국에서 관장했고, 천도교나 보천교 이하 다른 종교들은 '유사종교'로 분류하여 경무국에서 관장했지요. 그만큼 종교를 위험시 한 겁니다. 일본 총독이 직접 이곳을 방문했던 적도 있어요. 당시 차천자를 낳게 했던 민중들의 한, 염원 등을 가볍게 여겨서는 안 되는 겁니다. 오늘날 그것을 잘 모아서 또 잘 풀어 주는 게 정치의 가장 중요한 부분이죠. 그런데 그 힘은 김대중 대통령, 노무현 대통령을 만드는 데에까지만 모인 겁니다. 그 후 긴장감이 풀려서 동력을 잃은 겁니다.

그래서 정권을 내주게 된 겁니다. 그 힘이 한번 터져 나오면 얼마나 무서운 건데요. 2014년이 갑오년으로 갑오농민전쟁 120주년이 되는 해입니다. 갑오년의 의미를 학생들이 느낄 수 있게 방안을 만들었으면 좋겠습니다.

나는 학생들에게 역사를 길게 보자는 말을 하고 싶어요. 갑오년 당시에 동학농민군이 승리하지 못했습니다. 처절한 패배를 당했죠. 그러나 그때 동학농민군들이 꾸었던 꿈은 지금 보면 거의 대부분 이루어졌거든요. 3·1운동도 마찬가지죠. 역사에서 보면 민중들이 쉽게 승리하기 어렵습니다. 그러나 결국 역사는 민중의 꿈이 현실 속에 구현되는 방향으로 가고 있는 것이에요. 물론 시간이 걸리고, 그동안 희생자도 많이 나고 그 힘든 시간을 이겨내는 것도 쉬운 일은 아니지만요. 사실 우리는 지금 앞선 분들이 꾸었던 꿈이 만들어 준 현실 속에 살고 있는 거예요. 신분제 질서를 거역하고 평등한 사회를 꿈꾼 사람들이 있었기에 보통교육도 가능해진 것 아니겠습니까. 우리는 다음 대를 위해서 지금 또 불온한 꿈을 꾸어 주어야 해요. 역사 교육이 그런 꿈에 대한 이야기를 해야 하는데, 한국 교육이 온통 입시와 경쟁에 매몰되어 있으니 학생들도 학생들이지만, 교육 현장에 계신 분들이 너무 힘들 것 같습니다. 동학 때는 '궁궁을을' 주문을 외면 총알이 피해 간다고 믿었지만, 이제 우리는 우리 자신을 믿어야 할 때가 되었습니다. 저는 교육이 자유로운 개인에 대한, 그리고 그 개인들의 결합체로서의 민중에 대한 역사적 근거가 있는 믿음을 확인시켜 주어야 한다고 생각합니다. 전북이 앞장서 주실 거죠?

김 저의 책무를 일깨워 주셨네요. 앞으로 더 부지런히 움직여야겠습니다.

역사는 공부하는 게 아니라, 만들어 가는 것

마을 앞을 지나는 정읍천은 송사리 떼의 유영을 볼 수 있을 정도로 맑았다. 이곳을 적신 물은 산외면 풍방산에서 흘러 온 물을 만나 동진강을 이룬다. 동진강은 호남평야를 살지게 했고, 호남평야는 사람들을 불러모았다. 호남평야 한 끄트머리 고부로 흘러든 사람 중에는 몹쓸 사람도 있었다. 그들은 권력과 명예를 금붙이로 여긴 탓에 못 배우고 힘없는 이들을 괴롭혔다.

대흥리에서 나와 승용차로 이동했다. 다음 목적지는 동학농민혁명기념관이었다. 기념관이 처음 세워진 것은 1963년의 일인데, 그 후 1983년에도 전두환 대통령이 이 기념관에 대해서 지대한 관심을 갖고 지원을 했다고 한다. 이유가 궁금했는데, 전봉준 장군과 전 대통령이 같은 가문의 사람이었기 때문이라는 설명을 듣고는 실소를 금할 수 없었다. 이때는 '피는 물보다 진하다'라는 표현이 어울릴까, 아니면 '우리가 남이가?'라는 표현이 어울릴까? 역시 산은 산이고 물은 물인가 보다.

김 이번에 전북교육청에서는 《동학농민혁명 길라잡이》를 만들고 있습니다.

한 저도 오기 전에 훑어 봤는데요. 내용이 자세하고 깊었습니다. 학교 현장에서 많이 쓰였으면 좋겠더라고요. 분량도 상당하구요. 현 교육과정과 연계해 활용할 수 방법을 찾는 게 필요할 것 같다는 생각을 했어요.

김 역사 교육은 현장 교육이 중요하기 때문에 현장체험학습

이나 창의체험활동을 통해서 배울 수 있다고 생각하구요. 양이 굉장히 많은 건 사실이지만, 교사는 중요한 것을 짚어 주면서 나머지는 학생들이 스스로 해석해 보도록 하는 방법도 있을 것 같습니다.

한 제가 작년에 아이쿱 생활협동조합 쪽하고 같이 다니면서 전국 투어를 한 적이 있어요. 전국에서 10곳의 권역을 정해서 토크콘서트 비슷하게 했는데, 민주주의의 위기와 같은 전국적인 문제도 얘기했지만, 지역 역사와 결부시켜 했더니 몰랐던 것을 알아서 좋고 자부심도 생긴다며 반응이 좋았어요. 그걸 하면서 저는 각 지역에 사시는 분들이 '자기 지역의 역사를 잘 모르고 계신다'는 인상을 받았습니다. 초·중·고 교육 과정 상에 자기 고장의 역사에 대해서 배울 수 있도록 하는 노력이 매우 필요하다는 생각입니다.

김 네, 옳은 지적이십니다. 이번에 시도한 동학농민혁명 교재 편찬의 의도가 바로 그것입니다. 내가 서 있는 이 지역의 역사, 그것을 스스로 알도록 한다, 그것이 교재 편찬의 출발점인 거죠.

한 지금까지 우리 역사 교육은 세계사 따로 국사 따로 식이었죠. 국사만이 아니라 세계사적인 부분, 전체적인 맥락을 이해하는 게 중요합니다. 그리고 전근대사 비중이 너무 큽니다. 사실은 내가 살고 있는 이 시대를 어떻게 이해할 것인가, 그게 역사에서 제일 중요한데요. 그리고 바로 지금 내가 서 있는 공간과 결부되어야 합니다. 역사가 내 생활, 내 삶과 따로 놀면 역사 의식을 제대로 갖지 못하게 됩니다. 그래서 자기 고장의 역사를 바라보는 것이 정말 중요한 일입니다. 특히 전북은 근현대사에서 가장 중요한 사건인 동학농민전쟁이 일어난 곳이라, 이것을 학생들이 잘 배우게 하는 것은 대단히 중요한 일입니다.

김 저는 국가가 주도하는 역사 교육 또는 관이 주도하는 역사 교육은 대단히 위험하다는 생각을 평소에 하고 있어요. 우리가 해야 할 일은 학생들에게 역사에 내한 기본적인 자료를 정리해서 제공해 주는 것이고, 거기에 대한 판단은 국가와 관의 몫이 아니라 학생들의 몫이라고 보는 것이죠. 후속으로 '일제강점기의 전라북도' 편도 기획하고 있습니다.

한 네, 거기에 우리 수탈의 역사가 다 들어 있지요. 요즘 역사 교육이 중요시되고 나라가 역사 교과서 문제로 시끄러운데요. 일본에서도 극우파들이 자기네 역사를 미화하며 과거의 잘못된 것들을 지적하면 '뭐가 잘못 됐느냐?' 하거든요.

한국도 일본을 따라서 그런 양상을 보이고 있어요. '자학사관'이란 용어는, 정말 일본에서 그대로 베껴온 거죠. 70~80년대까지만 하더라도 박정희, 전두환 정권에서 역사를 왜곡했다 하더라도, 실제 있었던 역사를 못 가르치게 하는 수준이었죠. 그러니까 사회주의적 독립운동 이야기를 하지 못하게 하고, 친일파 이야기도 하지 못하게 했습니다. 그런 이야기를 하면 빨갱이라며 잡아가기도 했죠. 그렇다고 친일파를 미화하지는 않았어요. 박정희 시대에도 마찬가지였습니다.

그런데 지금은 대놓고 친일파를 미화해요. 저는 역사 공부를 하는 사람으로서 더 무거운 책임감을 느낍니다. 어쩌다가 이 지경까지 되었나 하고 말이죠. 그래서 이제는 역사 교육을 제대로 해야겠다, 선생님이 학생들에게 강제할 수는 없지만 다양하고 우수한 교육 자료를 만들어서 제공해야 할 필요성을 많이 느낍니다.

김 동학농민혁명 교과서도 바로 그런 맥락이죠.

한 그런데 교과서는 하나 만드는 데 굉장히 시간이 많이 걸리니까, 선생님들이 수업 시간에 쓸 수 있는 부교재와 교육 자료를 풍부하게 제공하는 것이 필요하다고 봅니다. 사실 이것도 전국적인 단위로 해야 할 문제라고 생각하는데, 마침 교육감님께서도 이 문제에 관심을 많이 갖고 계시고, 동학 교과서까지도 만들었으니 차제에 근현대사 분야에서 좋은 역사 교육을 할 수 있는 여러 가지 방안과 자료 같은 것을 개발하는 것을 한번 부탁드리고 싶습니다.

김 그렇게 하겠습니다. 방금 말씀하신 그런 차원의 역사 교육은 국가에는 기대할 수 없다고 판단했거든요.

교육의 생명은 뭘까? 교육이라는 이름으로 학생들에게 진리가 아닌 것, 진실이 아닌 것을 전달할 수 있는 것인가? 매우 오랜 세월 우리나라의 교과서에는 '소크라테스는 악법도 법이라고 말했다'는 내용이 적혀 있었다. 하지만 소크라테스는 그런 말을 한 사실이 없었다. 다행히도 2004년에 헌법재판소가 당시 교육부에 교과서에 실려 있는 그 내용은 사실과 다르므로 삭제할 것을 권고했고, 교육부는 헌법재판소의 권고를 받아들여 그 부분을 삭제했다. 하지만 우리 국민의 절대 다수는 아직도 '소크라테스는 악법도 법이라고 말했다'는 확신을 갖고 있다. 그릇된 교육이 회복 불능의 오해를 낳은 것이다.

2013년 한 해는 친일반민족행위와 일본제국주의의 조선 침탈을 미화한 고교 국사 교과서 논쟁으로 뜨거웠다. 한국인의 한 사람으로서 부끄러웠다. 존재했던 역사를 드러내지 않는 일은 간혹 있었다. 그런데 역사를 왜곡하는 일은 좀체 드문 일이다. 그동안 우리는 유독 일본이 역사를 왜곡하고 있고, 그것 때문에 국제사회의 비난을 받는 것으로 생각해 왔다. 그런데 그게 아니었다. 우리나라에서도 일본 못지않게 역사 왜곡이 자행되고 있다. 동학농민기념관에서 동학농민혁명기념탑으로 걸음을 옮기는 동안 내 머릿속에는 '역사 왜곡'이라는 단어로 가득 차 있었다. 이 길은 문병학 동학농민운동기념사업회 사무처장도 함께 걸었다.

문병학 사무처장과 함께한 황토현 전적지.

한 역사를 누가 어떻게 계승하느냐? 이것은 정말 중요한 문제인 것 같아요. 저는 역사 교육의 심각한 문제 중 하나가 학생들에게 역사적 사실을 너무 많이 가르치려 한다는 데 있다는 생각을 해요. 개별적인 사건도 중요하지만, 큰 흐름이 더 중요한 거죠. 이를테면 독립운동이 민주화운동이 된 거고, 친일파가 군사독재를 한 거고, 그 흐름을 분명히 세워 놓아야 다른 개별적인 사건들이 이해가 되는 것 아니겠습니까? 그래야 그 투쟁의 연장선상에 몇 년마다 불거지는 사건들이 그런 맥락에서였구나 하고 이해를 할 텐데, 그런 흐름을 모르고 특정 사건들만 암기하니까 "순서가 뭐지? 내용이 뭐지?" 하고 학생들이 헛갈려 하는 거죠.

김 그런 역사 교육을 담당을 해야 할 분들이 바로 현재 교단에 서 있는 역사 선생님들이어야 하는데, 사실 이분들도 대학 시절 근현대사 교육을 제대로 못 받았잖아요?

한 그렇죠. 근현대사 교과서들은 80~90년대, 또 2000년대에 들어온 새로운 연구 성과들을 많이 반영하고 있습니다. 그런데 대학에서 일제 시기 이후의 근현대사를 제대로 가르치기 시작한 것은 얼마 되지 않았거든요. 새로운 연구 성과를 배우지 못하고 학교 현장으로 오신 선생님들이 생각보다 상당히 많습니다.

김 전북교육청에서도 교원직무연수를 합니다. 그런 직무연수에 역사 교육을 넣어서 늘 새로운 연구 성과물들을 그때그때 놓치지 않고 잡을 수 있도록 해야겠어요. 교수님께서 지난 9월 전북교육청에서 학부모를 상대로 3시간짜리 역사 특강을 하셨어요. 쉬는 시간도 없이, '지금 이 순간의 역사'라는 주제로. 저도 그렇지만 학부모들의 반응이 "굉장히 충격적이었다"고 해요. 그 내용이 두 가지였는데, 하나는 "역사가 이런 것이었구나!"였고, 또 하나는 "왜 우리는 역사 공부를 그렇게 했나?"였다는 겁니다.

한 교육감님도 학부모 교육 때 3시간을 꼬박 계셔서 저도 깜짝 놀랐는데요. (웃음) 지금까지는 나하고 상관없는 역사만 배웠기 때문인 것 같아요.

김 그때 역사 특강에서 기억나는 게 "상하이 임시정부를 예로 들면서 상하이 임시정부가 옮겨 다닌 지역의 순서를 아는 게 중요한 게 아니라, 상하이 임시정부가 꾸었던 꿈이 무엇이냐, 이것을 아는 게 중요하다"고 하셨지요. 참 인상적이었습니다.

한 아마 그건 동학농민전쟁도 마찬가지일 거예요. 전투 순서, 행군 경로를 물을 것이 아니라, 실제로 이 사람들이 왜 일어났고 무슨 꿈을 꿨는지 그걸 물어봐야 합니다. 그리고 또 하나 큰 문제가요, 동학농민전쟁을 하고 예컨대 거기에서 패전을 한 후에 민족운동에 어떤 영향을 미쳤고, 그리고 그걸 이겨내기 위해 어떠한 노력을 했는가가 현실에서 중요한 문제인데 그것 따로, 의병전쟁, 애국계몽운동 다 따로따로 이야기가 나오거든요.

김 동학농민혁명의 물길이 어느 정도 의병운동으로 들어가는 거죠?

문병학(이하 문) 위정척사나 개화나 동학이 말하자면 19세기 3대 사상이라고 볼 수 있는데, 이게 각기 놀아요. 그리고 그것들이 지향하는 바들이 서로 상충되면서, 같으면서 다르고, 다르면서 같은 지점들이 있는데 그런 부분에 대한 기본적인 맥락을 이해하게만 만들면 지금 우리 삶에 대한 것이 보이거든요. 그런데 어떻게든 교육이 그걸 전혀 알 수 없게 만든 것 같아요.

한 동학농민운동과 관련해서 또 하나는 전봉준이 이 지역에 살았다 하더라도 정읍 지역만의 문제가 아니잖아요. 이를테면 1980년의 광주항쟁도 그렇습니다. 제가 미국에 갔다 온 다음에 제일 놀란 게 이게 전국구 문제가 아니라 한 동네에서 일어난 사건으로 처리되고 있었다는 거예요.

문 맞습니다. 1890년대 숱한 민란 속에서 이것을 봐야 하는데, 그렇게 안 보고 있지요.

김 이번에 만든 동학농민 교과서를 지역 교과서, 이렇게 국한해서 이해하면 안 되구요. 이게 우리 한민족의 역사에서 중요한 지점을 차지하고 있는데, 그걸 아무도 손을 안 대고 있으니까 작업을 한 거지요. 일제강점기의 대표적인 수탈 지역이 또 여기거든요. 여기서 역사책을 만들어서 또 자연스럽게 다른 지역에 퍼질 것으로 기대하고 있습니다.

문 (웃으면서) 여기 이 부조 작품 좀 보세요. 많은 사람들이 지적하는 것 중 하나가 '전투하는 농민군들의 모습이 너무 비현실적

이다' 그럽니다. 이 조각상이 대표적인 친일 조각가로 알려진 김경승 작가의 작품인데, 농민군을 무슨 죽창 둘러메고 소풍가듯이 묘사했냐고 말들을 합니다.

한 기념사업이라는 게 참 조심스럽게 해야 하는데, 기념사업을 할 자격이 안 되는 사람들, 그리고 기념하고자 하는 사건이나 인물의 원래 정신하고 전혀 엉뚱한 삶을 사는 사람들이 그걸 자기들의 행적을 미화하려고 이용하다 보니까 이런 일들이 일어나는 겁니다. 독립운동가들을 기념하는 곳에 친일 조각가의 작품이 쓰인다는 것도 어불성설인 거죠. 하지만 우리 역사가 실제로 그런 식으로 전개되어 왔잖아요. 그래서 이런 모순된 기념물 자체가 하나의 역사적인 교육 현장이 되는 거죠. 이런 것은 정말 현장에 와봐야만 느낄 수 있는 거예요.

김 천안에 있는 독립기념관 개관 초기에 화재가 났을 때, 화재 감식을 해보니 거기에 들어간 건축 자재 중에서 약 70퍼센트가 일제였다고 합니다.

한 급하게 지으려다 보니까 가져왔겠지요. (웃음) 사실 우리나라 독립유공자들을 최초에 서훈할 때 그 심사위원회의 70%쯤이 친일 경력이 있던 분들이었습니다. 그러면서 우리가 여기까지 왔고 그것을 정말로 바꾸려고 하니까, 그 세력들도 저항을 하는 것이고 그런 저항에 부딪혀 나온 것 중의 하나가 이번 역사 교과서 문제인 거죠.

동학농민혁명 기념 시설물 70여 개 중 40개가 봉건왕조와 유림에 관한 것인데, 그 40개 중 15개 정도가 박정희와 전두환 군사정권 때 세워진 것이고, 그 이후의 것이 민족민주운동을 하는 민간단체가 만든 것이라고 한다.

그리고 전봉준 장군 조각상은 대표적인 친일 조각가로 일컬어지는 김경승의 작품이라고 한다. 종로에 있는 세종대왕상도 그의 작품이라는 것이다. 하나의 공간이 서로 전혀 양립할 수 없는 인물들과 연결되어 있다는 사실이 우리 역사의 불행을 웅변하고 있는 것이 아닐까?

전봉준 장군의 동상과 주위의 부조에 대해서 유홍준이 그의 책에서 "내용으로나 형식으로나 도저히 눈 뜨고 볼 수 없는 20세기 최대의 문제작이다"라고 한 까닭이 이해된다.

황토현 전적지에는 잘 자란 소나무들이 많다. 아름드리 소나무 사이로 비치는 하늘이 참 곱다. 새들이 소나무와 하늘 사이를 오가며 가을 풍경화를 그린다.

갑오동학혁명기념탑은 언덕 위에 있다. 평소 운동이 부족했던 탓인지 겨우 신라 왕가의 무덤 크기밖에 안 되는 언덕을 오르면서도 숨이 찼다. 한 교수도 마찬가지였다. 우뚝 솟은 기념탑이 우리를 맞아 주었다. 답사 온 학생들처럼 탑 주위를 돌면서 이야기의 끈을 이어 갔다.

'새야 새야 파랑새야 녹두밭에 앉지 마라 녹두꽃이 떨어지면 청포장수 울고 간다.'

노래는 힘이 세다. 탑 뒷면에 새겨진 노랫말에 새삼 가슴이 뭉클해진다.

한 제가 근현대사를 전공했지만, 우리 역사 정말 보기 싫다, 이렇게 말하는 분들을 많이 만납니다. 그러나 저는 우리 역사처럼

갑오동학혁명기념탑.

역동적이고 민중들이 힘을 내서 싸웠던 역사가 없다는 생각이 듭니다. 갑오농민전쟁 때 20만 명이 죽지 않았습니까. 지금의 인구수로 치면 거의 100만 가까이 희생을 치른 셈인데, 정말 놀라운 게 그렇게 죽었는데 이듬해 을미년에 또 일어서잖아요.

우리는 민중들이 정말 역사의 주인으로서 커온 거죠. 이 부분들을 대중들이 자각하는 것이 정말 중요합니다. 제가 늘 강조하고 있는 것이 있습니다. 역사에서 가장 중요한 건 지금이다. 역사는 우리가 공부하는 게 아니다. 살아가는 거다. 만드는 거다. 우리 일반 서민들 제일 고생 많이 하는 게 집 문제, 부동산 문제, 사교육 문제, 일자리 문제 아닙니까?

그런데 부동산 문제는 40년 좀 안 됐고요. 사교육 문제는 전두환 때 30년 전에 과외 금지시켜 놓고 거기에서 우리가 조금 자유로웠었고. 그 다음에 일자리 문제 중 비정규직 문제는 20년 조금 넘은 것 아닙니까? 그렇다면 우리를 옥죄고 있는 문제들이 거의 30년 간 전후에 다 생겨난 것인데, 그때 "어?" 하다 보니까 이렇게 흘러오게 된 거잖아요.

지금도 우리가 "어?" 하고 그냥 흘려보내고 나면 30~40년 후에 지금 우리가 놓친 이 문제들, 국정원 사태랄지 공안 검찰 문제랄지 이런 것들이 우리의 노후와 우리 자녀들인 지금 젊은 세대들의 미래를 꽉 결정하게 되는 거죠. 그러니까 정말 역사의 주인으로서, 우리가 역사에 수동적으로 끌려가는 게 아니라 우리가 선택하고 우리가 만든다, 그런 자세를 가지고 "아, 그게 가능하다"는 걸 믿어야 합니다. 역사 교육의 가장 핵심적인 부분은 우리 자신들의 역할과 역량에 대한 믿음을 주는 게 아닌가 하는 생각이 듭니다.

김 저는 이런 생각을 해봅니다. 현대 역사를 소수 탐욕 세력이 기획한다고 해서 또 그렇게 만들어지지는 않을 것이라고.

한 대표적인 게 한국 근현대사 아닙니까? 변하지 않는 것은 아무것도 없습니다.

초등학생이 보낸 출석 요구서

이야기를 나누다 보니 기념탑 뒤편으로 어느새 해가 뉘엿뉘엿 기운다. 기온이 뚝뚝 떨어지는 게 느껴진다. 옷깃을 여몄다. "중요한 곳에서 시월의 해가 지고 있군요." 한 교수의 말이 은유적으로 들린다. 어제가 10·26이었다. 어제 나는 페이스북 담벼락에 '안중근 의사 이토 히로부미 척살'이라고 썼다. 언론에는 안중근 의사에 대한 기사는 한 줄도 나오지 않고, 대신 박정희와 유신 찬양의 글들이 도배를 했다.

동학농민혁명기념관에서 나와 마지막으로 찾아간 곳은 인근의 도학초등학교였다. 전교생이 고작 17명이지만, 학교의 모습을 어엿하게 갖추고 있다. 공모제 교장과 학교 구성원들의 노력 덕분에 아이들은 건강한 학교 생활을 하고 있다. 학교에서 전교생에게 인라인스케이트를 선물했는데, 주말이면 동학농민혁명기념관 앞마당에서 스케이트 연습을 한단다.

교실은 따뜻했다. 진안 장승초처럼 다락방과 온돌이 놓여 있는 것은 아니지만, 교실 바닥 한쪽에 온열기구를 넣었다고 한다. 복잡다단한 가정사 때문에 밤늦게까지 학교에 머무는 아이들을 위해

도학초등학교에서의 대담.

바닥을 고쳤다고 한다. 선생님들의 마음 씀씀이가 따뜻하다.

김 이 학교가 정읍 도학초인데 제게는 재미있는 일화가 있는 곳이기도 합니다. 2012월 11월이네요. 6학년 김효리 학생이 저한테 손 편지를 보내왔습니다. 그 내용이 학예발표회 때 축하 동영상을 보내줘서 고맙다, 곧 졸업하는데 교육감님이 와서 축하해 주었으면 좋겠다는 거였어요. 이 아이가 교육감의 사정은 아랑곳하지 않고 그냥 친구 초대하듯이 부른 거죠. 이를테면 효리가 교육감한테 출석 요구서를 보낸 거예요. (웃음) 사실 2월이면 졸업 시즌이라서 굉장히 바쁘고 스케줄도 꽉 차 있었을 때거든요. 그런데 만약 참석하지 않으면 이 아이에게 상처를 줄 것 같다는 생각이 드는 거예요.

그래서 학교에는 알리지 않고 깜짝 방문을 했었습니다. 교장실에 들어서자 교장선생님, 학부모님, 지역 인사 등이 앉아 있다가, 들어서는 저를 보더니 다들 크게 놀랐습니다. 사연을 말하고 함께 2층에 있는 졸업식장으로 갔습니다. 효리는 물론이고 함께 졸업하는 나머지 다섯 명의 아이들도 제 모습을 보더니 무척 좋아했습니다.

한 학생 수 적은 학교라고 해서 오지의 아주 작고 초라한 분교라고 상상을 했는데, 여기 둘러보니까 너무 깨끗하고 없는 게 없을 정도로 다 있네요. 선생님도 개인 과외 선생님같이 느껴질 것 같구요. 제가 생각하기에는 아이들 입장에서는 이보다 더 좋을 수 있을까, 라는 생각이 듭니다. 하지만 MB 정권 때 경제학 하던 사람이 교과부장관을 했잖아요. 그런 사람들 입장에서는 수지타산이 안 맞으니까 없애 버리라고 압력이 심했을 것 같은데요. 예산부터 시작해서 학교 지키시느라 많이 힘드셨겠습니다.

김 굉장히 힘들었죠. 2012년 2월 당시에는 교육과학기술부였는데, 초·중등교육법시행령 개정안을 냈습니다. 그런데 그 개정안의 내용을 보면, 초등학교의 경우 학급당 학생 수 20명 이상, 학교당 학급 수 6학급 이상이어야 한다고 되어 있었거든요. 한 지역에서 학교의 존재 자체가 아이들의 배움터를 뛰어넘어 지역의 정신적 구심체 역할을 하는 것인데, 학교가 사라지면 지역공동체가 와해되어 버리거든요.

2013년에 중점을 뒀던 사업이 '농어촌 작은 학교 희망 찾기'입니다. 혁신학교에서만 수업이 혁신되고 학교 문화가 혁신된다면 그것은 의미가 없습니다. 혁신학교 성과물이 다른 학교로 전파되는, 그래서 나중에는 굳이 혁신학교라는 이름이 필요 없는 시대가 되어야죠. 여기는 혁신학교가 아닌데, 도교육청의 '농어촌 작은 학교 희망 찾기' 사업에 들어와 있어요.

한 이런 학교들은 자연스럽게 어머니들이 학교 공동체에 참여하면서 할 일도 생길 것 같네요.

김 과거의 치맛바람과 전혀 상관없는 일들이 일어나고 있어요. 도서 도우미, 아침에 책 읽어 주는 엄마, 이런 역할을 자발적으로 합니다. 공동체가 되는 거죠.

한 우리가 옛날에 다녔을 때는 한 학급에 60~70명이었어요. 서울에서는 종로국민학교가 한때 2만 명이었는데, 2부제도 아니고 3부제 수업을 했습니다. 어떤 반은 90명, 100명이었습니다. 돌이켜 보면 어떻게 선생님 한 분이 90명을 감당하셨을까, 라는 생각이 들어요.

한국 사회의 큰 문제가 호남 지역 인구가 지나치게 많이 빠져나가는 것이었는데, 이제는 충청권보다 적어졌어요. 여길 보니 슬프도록 역설적인 일입니다만, 인구수가 줄어든 게 더 좋은 교육 환경을 만들 수 있겠다는 생각이 들기도 하네요.

김 그래도 인구가 더 많아졌으면 좋겠습니다. 그래도 최근 3년간 통계를 보면 전북에서 다른 시·도로 나가는 전출 학생 수보다 전입 학생 수가 더 많아져서 다행입니다.

한 대학에 있으시다가 초·중·고 현장을 맡으신 지 3년 4개월인데요. 한국 교육의 큰 문제가 군대식 사고와 영향이 굉장히 진하게 학교 현장에 남아 있는 점이라고 생각되는데, 막상 그 현장을 맡아 보시니 어떠신가요?

김 군대식이라는 게 획일성, 강제성, 명령과 복종, 이런 것인데요. 보통교육의 영역에도 이런 게 들어와 있습니다. 교육부를 정점으로 밑의 단위학교까지 수직적인 관계인데요, 교육부에서 지시를 내리면 누구도 이의제기를 못하고 그대로 해야 됩니다. 그런데 교육부에서 시행한 계획이 실패할 경우, 누구도 책임을 지지 않거든요. 지방교육자치 시대가 왔다고는 하지만, 교육감들조차도 지방교육자치 시대의 직선 교육감이라는 의미를 제대로 인식하고 있는지 의심스러울 때가 있습니다.

기본적인 것은 교육부가 짜고 그 틀 안에서 자율적으로 하라고 하는데요. 사실은 그 틀 안에서 자율적이라는 것이 협소합니다. 교육부가 매년 시·도교육청 평가를 하는데, 교육부의 평가 기준이라는 것이 어느 시·도교육청이 교육부의 말을 잘 들었는가 하는 것이거든요. 평가 결과를 가지고 특별교부금의 배정에 차등을 두고요. 일종의 길들이기이지요.

저는 역으로 교육부의 정책 중 전북 교육에 필요한 것이라면 받지만, 필요하지 않다면 받지 않겠다고 말하고 있습니다. 최근에 교육부 정책 중에서 시간제 정규직 교사라는 게 있습니다. 하루에 4시간 근무하고 정년을 보장하는데, 임금은 70~90만 원 정도 받을 거라고 합니다. 전북은 자리가 16개라고 해요. 우리는 받지 않는다고 말했습니다. 어차피 전북 교육에 상처를 주는 제도이고, 그렇게 들어오는 사람들에게도 상처를 주는 것이니까요. 전북교육청은 아까 언급했던 소규모 학교 통폐합에 대해서도 반대했습니다. 결국 그것은 교육부가 내려놓더군요.

한 그런 것은 전북에서 중요한 모범을 만들어냈다고 생각되네요. 진짜 교육 자치, 그러니까 중앙에서 움켜쥐고 있는 권한이 교육감이나 지역으로 내려와서 지역 실정에 맞게 교육이 돌아가야 하는데, 많은 지역을 돌아다녀 보니까 똑같이 입시 교육의 틀 속으로 흘러가니까 문제더라고요.

제가 교육감님께 꼭 당부하고 싶은 것이 있습니다. 요즘 많이 나오는 역사 논란과 관련하여 한국사에서 헌법적 가치에 대한 것들을 우리 아이들이 어릴 때부터 느낄 수 있도록 헌법에 대해, 특히 제헌헌법에 대한 공부를 바르게 시켰으면 좋겠습니다. 교육감님이 그쪽 전공이시니까 더욱 잘해 주시리라 믿습니다.

그리고 또 하나는 전북이 가지고 있는 특수성과, 교육감님이 가지고 있는 뚝심 이런 부분이 모범이 되어 퍼져 나갔으면 좋겠습니다.

김 잘 알겠습니다. 오늘 이렇게 긴 시간 내주셔서 감사합니다.

한홍구 교수는 현재 역사학자이고, 나는 헌법학자 출신 교육감이다. 헌법도 역사의 산물인 탓에 역사(학)를 잘 모르고 헌법학을 연구한다는 것은 매우 위험한 일이다. 약 세 시간 반 동안 한 교수의 역사 이야기를 들으면서 나는 동학농민혁명, 보천교로 이어지는 역사의 줄기를 발견하게 되었다.

우리나라 그 어느 지역보다 새롭게 일어난 고등 종교들의 중심지가 바로 전라북도라는 사실을 처음으로 알게 되었다. 중요한 것은 그러한 정신적·종교적 에너지들이 어딘가에서 새로운 무엇을 창출하고 있을 것이라는 믿음이다.

'민초'. 그것은 백성을 풀로 비유하는 말일 터. 들풀은 겨울 추위의 시련 앞에 모습을 감춘다. 그 순간 고통의 외마디 소리를 지르는지, 아니면 조용히 순종하는 모습을 취하는지는 알 수 없는 일이다. 하지만 한 가지 확실한 것은 들풀은 죽지 않는다는 것이다. 백성을 민초라고 부르는 것은 밟히는 것 같지만 결코 죽지 않는 백성의 본질을 가리키는 것이 아닐까!

이 지역에서 일어났다 스러진 종교들이 여럿 있지만, 그 정신적·종교적 에너지까지 사라진 것은 아닐 것이다. 우리는 어렴풋하게나마 그러한 에너지가 오늘날의 정읍 교육 내지는 전북 교육으로 이어지고 있다는 데 의견을 같이하게 되었다.

2013년 현재 전북에는 84개의 혁신학교가 있는데, 이것은 혁신학교를 운용하고 있는 다른 어느 시·도보다 그 비중이 높은 편이다. 특히 정읍 지역의 혁신학교는 아직 초기 단계지만, 초등학교와 중학교로 이어지는 혁신학교 벨트가 자연스럽게 형성되고 있다.

도교육청은 연간 4000만~5000만 원의 혁신학교 운영비를 지원하지만, 혁신학교를 움직여 나가는 힘은 학교 구성원들의 자발성과 열정이다. 교직원들이 인센티브 없이도 헌신적으로 일하고, 아이들은 배움의 즐거움과 성장의 역동성 속에 움직이고 있는 곳이 바로 전북과 정읍의 혁신학교다.

또 하나, 전북교육청은 역사 교과서 편찬 작업을 하고 있다. 그 첫 번째 작업이 2014학년도 1학기부터 사용되는 《동학농민혁명 길라잡이》이다. 한홍구 교수와 시간을 함께하면서, 이 역사 교과서 작업도 어느 날 우연히 시작된 게 아니라 바로 전북 지역이 지니고 있는 정신적·종교적 에너지와 관련 있을 것이라는 생각이 든다. 그리고 2014년은 동학농민혁명이 일어난 지 120년이 되는 해이다.

역사 교과서 두 번째 작업은 《일제강점기의 전라북도》(가제)이다.

이러한 일련의 작업을 통해서 아이들에게 바른 역사관을 갖게 해주고 자긍심 넘치는 민주시민으로 자라는 데 도움을 주고 싶다.

오늘 듣기 여행은 나를 새롭게 채워준 여행이었다. 한홍구 교수는 박학다식했고 막힘이 없었다. 게다가 그가 가진 역사학자로서의 뚝심은 오늘날 우리 역사 문제를 푸는 데 있어, 우군의 든든한 방패와 창의 역할을 동시에 해낼 것 같은 믿음이 들었다.

여행은 사람의 눈을 뜨게 한다. 그렇다면 역사 여행은?

나는 오늘 비로소 구체적으로 알았다. 역사 여행은 사람이 가지고 있는 감각의 세포들을 열어 준다는 것을. 그동안 나는 '역사에 대해서 어느 정도 알고 있다'는 안이하고 위험한 자신감을 갖고 있었다. 그런 자신감이 오늘의 역사 여행을 통해서 파편처럼 여지없이 부서져 나갔다. 그런데도 마음은 시원하다. 내가 입어서는 안 될 옷을 훨훨 벗어던질 때처럼 후련한 느낌이다. 다시 역사 공부의 끈을 매야겠다는 다짐을 해본다. 그래서 우리 아이들을 만날 때, 역사적 사실과 그 사실들을 이어가는 맥락을 단 하나라도 바르게 풀어 주는 괜찮은 교육감으로 서고 싶다.

공부를 잘하기 위해서는 과외를 받아야 하고, 과외를 받으려면 엄청난 돈이 든다. 입시 제도는 능력본위주의라는 신화에 기초하여 출발했지만, 여기서 능력이란 개인의 학습 능력만이 아니라 부모의 경제적 능력까지를 포함하는 개념이 되어 버렸다. 과거에는 개천에서 용 났다는 말을 흔히 들을 수 있었다. 그러나 요즘 개천은 오염이 심해서인지 미꾸라지도 살기 힘들어져 버렸다. (…) 우리 사회에서 교육은 계층 이동의 주요한 통로였다. 그러나 해가 갈수록 대학 입시의 결과는 교육의 계층 이동의 기능이 약화되고 있음을 보여 준다. 계층 이동의 가능성이 막히는 사회는 죽은 사회이다. 21세기의 한국 사회는 교육을 대신하여 어떤 통로를 준비할 것인가?

_한홍구, 《한겨레21》 제391호 "이젠 개천에서 용 안 난다" 中에서

한홍구 역사학자는 성공회대학교 교양학부에서 학생들을 가르치고 있다. (사)평화박물관건립추진위원회 상임이사이다. 저서로 《유신》, 《지금 이 순간의 역사》, 《대한민국史》 등이 있다.

04

전라북도교육감 김승환이
전 국가인권위원장 안경환에게
"교육"에 대하여
듣기를 청하였더니,

안경환이 "소수에의 존중"이라고 답하다

민주주의의 못다 핀 꽃, 김주열 열사의 묘역 앞에 서다

–민주주의의 공기, 자유의 공기, 인권의 공기

바람이 불고 있었다. 공기는 곧 비가 올 듯 습기를 가득 머금고 있었다. 남원역사 앞 광장에는 푸른 소나무들이 병풍처럼 둘러쳐 있었다. 기차는 이곳을 향해 한창 마산에서 올라오고 있을 터였다.

안경환 교수는 평생 헌법 연구를 하면서 지내 오신 분이다. 안 교수가 한국헌법학회 회장을 맡았을 때, 학회는 연구 중심의 학회로 자리 잡으면서 매우 안정적으로 발전하기 시작했다. 그로부터 7년 후 내가 한국헌법학회 회장이 되었다. 안경환 교수는 임기 시작 직후부터 아무 말 없이 나를 도와주기 시작했다. 당시 속으로 '나는 참 복이 많은 사람이구나'라는 생각을 했다.

그 후 안경환 교수는 국가인권위원장이 되었고, 국가인권위원회는 묵직하게 자신의 틀을 만들어 가고 있었다. 국가인권위원회는 정치권의 눈치를 보지 않고, 관료들에게 휘둘리지 않으면서 제 길을 가고 있었다. 그런데 위원장 임기 말 그는 정권으로부터 크나큰 시련을 당하게 되었다. 그때 나는 뜻있는 교수들의 제의를 받아 국가인권위원회 독립성 수호를 위한 전국 법학교수 모임의 회장을 맡았고, 글을 통해 투쟁을 했다. 그러나 우리의 외침은 별다른 결과물을 얻지 못한 채, 권력의 일방 독주를 지켜봐야만 했다.

2009년 6월 30일, 안경환 위원장은 불과 잔여 임기 4개월을 남겨놓고 청와대에 사직서를 냈다. 그리고 다시 서울대학교 법학전문대학원 교수로 돌아갔다. 그 이듬해 나는 교육감 선거에 출마해 상대후보와 2천여 표, 말 그대로 간발의 차로 당선됐다. 정들었던 전북대학교 법과대학과 법학전문대학원 교수의 직은 2010년 6월 30일로 마무리됐다. 법률에 따라 당연 퇴직 처리된 것이다.

기차는 예정된 시각에 정확히 도착했다. 개찰구를 빠져나오는 안경환 교수의 모습이 한눈에 들어왔다. 여전히 다부진 입 매무새에 정갈한 옷차림 그대로였다. 나의 얼굴에 저절로 환한 미소가 퍼졌다. 마음이 든든해졌다. 역시 형님 같은 선배학자를 만나는 건 설렘보다는 푸근함이다. 우리는 우선 따뜻한 밥으로 배부터 채우기로 했다. 그리고 곧 김주열 열사의 묘역으로 향했다.

김주열은 살아 있다

금지면 옹정리 김주열 열사의 묘역 앞에서 한병옥 김주열열사기념사업회 제전위원장이 우리를 안내하기 위해 기다리고 있었다. 한병옥 위원장은 국가 차원에서뿐만 아니라 지역에서조차 김주열 열사가 주목받지 못하고 있을 때, 열사의 정신을 기리고 널리 알리기 위해 누구보다 동분서주해 온 분이시다. 한 위원장을 통해 김주열 열사의 이야기를 세세하게 들을 수 있었다. 안경환 교수가 먼저 입을 열었다.

안경환(이하 안) 오랜만에 다시 왔습니다. 처음에 왔을 때는 정말 외진 곳에 있고 또 너무 황량해서 두고두고 마음 아팠습니다. 그런데 지금은 많이 달라졌네요. 제가 처음 왔던 때가 66년이었는데, 차에서 내려 한참을 걸어 왔던 기억이 새롭습니다.

한병옥(이하 한) 그 당시만 해도 길도 안 나 있었을 때지요. 이 일대가 다 논이어서 도랑이 있고, 도랑 건너면 발이 푹푹 빠지는 논둑길로 꼬불꼬불했었을 겁니다. 묘지 찾는 사람들에게는 아주 엉망이었을 거예요.

안 3·15, 4·19가 일어났을 때 제가 중학생이었어요. 당시의 느낌이 너무 강해서 아직도 그 당시의 분위기를 기억합니다. 어젯밤에는 마산에서 김주열 열사의 동기생을 만나고 왔어요. 그때 총을 맞아 불편한 다리가 되신 분입니다.

안경환 교수가 마산에서 올라온다고 했을 때 무슨 연유였을까 싶었다. 사연을 듣고 보니 함께 둘러보고 있는 김주열 열사의 묘역이 더욱 뜻깊어진다.

4·19라는 역사적 사건이 시대를 통과한 지 50여 년. 여기 서 있는 세 사람은 그 시간들을 어떻게 통과해 왔나. 한병옥 위원장은 동향이자 동갑내기였던 김주열 열사의 죽음을 살아 있는 이들에게 알리기 위해 아직도 부단히 움직이고 있다. 당시 중학생이었다는 안경환 교수는 국가인권위원장을 지냈다. 그리고 당시 코흘리개 초등학생이었던 나는 헌법학자이자 교육감이라는 공직에 서 있다.

각기 다른 인생을 살아왔지만, 죽음 저편에 있는 김주열 열사는

한병옥 위원장과 함께 김주열 열사의 묘지를 참배하는 안경환 교수와 김승환 교육감.

'인권'과 '민주주의'라는 화두로 현재의 우리를 묶어 주고 있다. 그러니 4·19와 김주열은 여전히 생생한 과거이자 살아 있는 현재인 셈이다. 우리는 모두 함께 숙연한 마음으로 참배를 했다.

안 (비석의 비문을 바라보며) 제가 처음에 왔을 때에는 유진오 전 고려대 총장이 쓰신 비가 서 있었는데요. 한쪽 구석에 약간 초라하게.

한 아, 이게 두 번째예요. 처음에 유진오 총장이 쓴 목비가 있었는데, 그건 지금 진안 수목원으로 옮겼고, 50주년에 '열사'라는 호칭을 마침내 넣어서 비석을 다시 세운 거예요. 그때 한홍구 교수에게 비문을 새로 써달라고 부탁을 했더니, 당신이 유진오 총장님의 외손자인데 외할아버지가 쓴 비문을 후손이 고쳐 쓰기는 힘들다고 해서 우리 기념사업회에서 썼어요.

김승환(이하 김) 묘비에 '열사' 호칭 하나 넣기가 그렇게 힘들었군요. 50년만이라니, 참!

안 묘비에 열사라는 칭호를 넣는 것도 간단치 않았던 시대가 있었던 거죠.

한 그러게 말입니다. 지금 생각하면 '열사' 호칭 하나를 두고 그렇게 오래 다퉜는지, 원! 50년 동안 김주열 씨 묘라고만 돼 있었던 셈이죠. 두 분이 잘 아시겠지만, 김주열 이 양반이 죽어서 한 일 중 남다른 업적은 국립묘지를 두 군데나 만들게 했다는 거예요. 마산 3·15 국립묘지와 수유리 4·19 국립묘지. 이 양반이 아니었으면 3·15 의거가 그렇게 부각될 수 없었어요. 그때는 좌익용공분자가 일으킨 난동으로 몰고 있었잖아요, 정부가. 자칫하면 이 양반이며 다른 분들 다 용공분자로 몰려 어디 뼛가루 뿌릴 데도 없을 뻔했을 텐데, 이 양반 시신 자체가 모든 걸 다 말해준 거죠. 그게 4·19로 이어지고 그래서 4·19 묘지도 생겼구요.

안 마산 소식이 전국으로 퍼지고, 특히 고등학생이 최루탄에 맞아 죽었다는 소식이 퍼지자, 경찰이나 정부가 무서워서 숨죽이고 있던 국민들이 다 들고 있어난 거지요.

한 그렇죠. 그래서 이 양반은 묘가 세 개나 있어요. 여기가 진묘, 마산과 수유리에 가묘가 각각 하나씩. 잘 모르긴 하지만 이렇게 묘가 세 군데 있는 양반은 이분이 처음인 것 같아요.

김 '열사'라는 이름도 못 쓰게 했었던 판국이니, 묘역을 이렇게 조성하는 데도 애 많이 쓰셨겠습니다.

한 뭐 50주년 되기까지 그랬었지요. 그래도 사시사철 꾸준히 찾아오는 참배객들이 있어서 이만큼이라도 유지했다 싶어요. 남원시에서 추모 사업 시작한 지는 얼마 안 됐어요. 이 묘를 보고 어떤 분들은 너무 치장을 하는 것 아니냐, 너무 크게 만들려고 하는 것 아니냐고 말씀하는 분들도 계시더라고요. 근데 제가 그랬어요. 이 양반이 우리나라에 남긴 업적에 비하면, 찾아오는 이들 숫자에 비하면 큰 게 아니다, 오히려 초라하다, 이렇게 이야기합니다.

김 김주열 열사가 여기 금지에서 초등학교와 중학교를 모두 다닌 걸로 아는데, 어쩌다 마산상고로 가게 되었나요?

한 동네 사람들 말인데, 원래 김주열 열사네 집이 굉장히 부자였다고 해요. 여기 금지 쪽이 남원에서 제일 땅이 넓은 데거든요. 여기서 몇 천 석 부자였다고 해요. 한데 아버지 때 가세가 많이 기울었다고 하더군요. 그래서 김 열사가 고등학교 갈 때가 되어서는 학비 걱정을 할 정도였나 봐요. 그때 외할머니가 진주에 살고 계셔서 진주고등학교 시험을 쳐서 합격도 했다는데, 아버지가 왜 진주까지 가느냐고 반대를 했었나 봐요. 그래서 남원농고에 입학하게 되었는데, 뭐 뜻이 안 맞았는지 몇 달 다니지 않았어요.

안 제가 자료를 보니 그때 서울 가서 재수했다고 하더라고요.

한 그때, 서울에 철도고등학교라는 게 있었어요. 졸업하면 취업이 잘되는 학교고, 나라에서 운영하는 거라 학비도 거의 안 들고 해서 시골에 가난한 수재들이 시험을 많이 봤대요. 거기 시험 준비를 했다고 합니다. 그런데 떨어진 거지요. 그렇게 고배를 마시고는 서울고등학교에 원서를 냈다가 상황이 급변해 버린 거예요. 형님이신 김광렬 씨 친구가 하용운 선생이에요. 창원에서 교편 잡다가 작년에 퇴직했는데요. 그분이 마산상고 재학 중이었어요. 그리고 마산상고가 그해부터 장학생을 뽑기 시작했어요. 김 열사한테 너 실력이면 충분히 장학생이 된다, 그러니까 장학생으로 가는 게 좋지 않겠냐, 그래서 서울 학교 접수했다가 바꿔 버린 거예요. 집으로 내려와서는, 원서 마감 날 열사가 출발해서 마산으로 갔는데요. 그때는 여기서 마산 가려면 하루 꼬박 걸렸어요. 밤에 도착한 거죠. 원서 마감 날 밤에 도착한 거예요. 그런데 하용운 선배의 담임한테 찾아가서 담임 선생이 비공식으로 원서접수를 했어요. 그런데 합격자 발표일이 3월 14일인데 14일에 발표했으면 15일 날 와버렸을 것인데, 16일로 연기를 했어요. 그때는 합격 발표하면 다 쫓아갔잖아요. 크게 써서 벽보로 붙이고 말입니다. 그런데 벽보가 떨어졌나봐요. 그래서 15일 날 마산에 있다가 변을 당해 버렸어요. 열사 이름이 붉을 주(朱)에 매울 열(烈), 그래요. 왜 열사 할 때 쓰는 그 한자. 나는 참 그 이름부터 그런 운명을 타고났나 보다 그런 생각이 들곤 해요.

김주열 열사 묘역과 기념관은 이미 왔던 적이 있고, 열사의 일대기 역시 이미 읽어서 알고 있었다. 하지만 한병옥 위원장의 설명은

김주열 열사 기념관에서.

그대로 의미가 있었다. 기념관에 진열되어 있는 열사의 유품들, 눈에 최루탄이 박힌 채 마산 앞바다에 떠오른 열사의 시신 사진, 졸업증명서 등이 열사의 삶을 말없이 설명해 주고 있었다. 민주주의는 꼭 피를 먹고 자라야만 하는가? 기념관을 천천히 둘러보는 동안 몸에서는 힘이 빠져나가고 있었다.

생가는 묘역에서 500미터 떨어져 있었다. 마을 뒤로 아름다운 산들이 옹기종기 이마를 맞대고 있는 집들을 휘돌아 감싸고 있었다. 쉽게 꺾이지 않을 나무들이 울창했다. 한겨울 몰아닥칠 세찬 찬바람도 넉넉하게 막아줄 것만 같았다.

김주열 열사가 나고 자랐다는 생가의 툇마루에 우리 셋은 동시에 걸터앉았다. 그때 어디선가 고양이 한 마리가 나타나 주위를 천천히 맴돌았다. 마당과 툇마루, 우물가를 사뿐사뿐 넘나드는 고양이의 자태가 마치 생가의 주인이라도 되는 양 낯선 객들의 방문을 반갑게 맞이하는 것처럼 보였다.

한 제 생각에는, 김 열사의 모친 권찬주 여사에 대한 평가가 그동안 좀 박했다는 생각이 있어요.

김 어떤 점에서요?

한 제가 여러 자료를 취합해서 보니까, 사실 권찬주 여사가 아니었으면 김주열 열사가 부각되기가 어려웠겠다는 생각이 들더라고요. 아들이 행방불명 됐다는 소식을 듣고 권찬주 여사가 바로 마산으로 쫓아가서 25일 이상을 관공서며 신문사, 자유당에 민주당사까지 안 간 데 없이 다 다니면서 '내 아들 김주열을 찾아 달라"

고 한 거예요. 제가 마산 분들에게 들은 이야기인데, 그때는 증기기관차를 쓰던 때라 마산역 앞에 큰 연못이 있었대요. 물이 많이 필요하니까. 권찬주 여사가 그 연못을 다 퍼내 달라고 했대요.

당시 1차 의거 때 김 열사 말고도 마산 시민이 7~8명이 죽었어요. 그때까지 시신 못 찾은 집도 있었고. 그런데 정부에서 용공분자들이 벌인 짓이다, 그렇게 떠들어 대니까 막상 그분들은 자기 자식 시신이 나오면 자기 집이 용공분자 집안이 되는 거라, 피눈물만 흘리고 있었던 거예요.

그런데 권찬주 여사가 남원에서 거기까지 가서 혼자 그렇게 용감하게 '내 자식 찾아내라' 하고 다니니까, 나중에 마산 사람들 중에 '김주열'이란 이름 석 자 안 들어본 사람이 없을 정도가 된 거죠. 그때 마산 분들이 다 자기 자식이나 형제처럼 '김주열'이 나타나기를 고대했다고 하더라고요.

시신이 떠오르기 전부터 김 열사는 마산 사람 모두의 아들이 되어 있었던 거예요. 그런데 마산 앞바다에 저렇게 참혹한 시신이 떠오른 겁니다! 그러니 마산 시민들이 어떻게 됐겠어요? 뒤집어지지 않겠어요? 그게 2차 의거, 봉기로 이어진 것이지요. 난 그래서 권찬주 여사의 업적이 대단히 크다고 봐요.

김 3·15 1차 의거 때 내 식구가 죽었음에도 불구하고 감히 죽었다고 말을 못했던 이유가 그런 말을 하는 것 자체가 용공으로 몰릴까봐 두려워서 그랬다는 거잖아요. 남북 분단을 인권 탄압의 도구로 삼았던 역사가 그때도 그렇게 팽배해 있었군요. 사실 지금도 그런 시절이 끝났다고 할 수는 없고.

한 그렇죠. 끝나지 않았죠. 우리나라에서 민주화라는 말이 시작된 때가 4·19 무렵이었잖아요. 그 전에는 민주화라는 단어조

김주열 열사 생가.

차 들어 보지 못한 것 같아요. 지금 인권운동, 통일운동, 노동운동, 이렇게 현대화된 사회운동들의 뿌리를 거슬러 올라가다 보면 그게 전부 4·19에 닿잖아요. 그리고 4·19와 김주열, 이렇게 맞닿고요.

김 제가 교육감을 하면서 알게 된 게 있어요. 11월 3일이 '학생의 날'입니다. 그리고 11월 3일이란 게 1929년에 전국의 학생이 함께 일어난 항일 운동을 기념하기 위해, 그 첫 시발점이라고 할 11월 3일 광주 학생 의거일을 기념하는 거구요. 근데 이 '학생의 날' 지정을 1953년인가에 하는데, 이름을 이렇게 이상하게 지어 놓은 거예요. 그러다 보니 막상 학생들은 그 유래는 고사하고 '학생의 날'이란 게 있는지조차 잘 몰라요.

안 그 생각은 안 해봤는데, 그렇네요. 그리고 보니 역사 속에서 권력자들은 늘 학생을 굉장히 경계했잖아요.

김 네, 일본제국주의 시절에도 그랬고, 이승만 정권, 박정희 정권도 그랬지요.

안 교육감이 되시니까 이런 문제를 더욱 절감하시는 모양이군요. 언제나 권력층들은 학생을 무서워하지요. 지금도 권력층에서는 학생들이 제일 무섭잖아요. 저도 이런 생각을 할 때가 있어요. 왜 교육 당국이라는 데에서는 이렇게 학생들을 못살게 구는가? 혹시 다른 생각 못하게 하려고 그러는 건 아닌가, 하는 억측도 해요. 요즘 학생들을 보면 너무 딱해서 이런 생각마저 듭니다.

김 선생님께서 평생 교직에 계셨기 때문에 더 그런 마음이 드실 겁니다. 1969년에 예비고사라는 것이 생기고 난 뒤, 올 2013년까지 대학입시제도가 31번이나 바뀌었다고 합니다. 평균으로 치자면 1년 반에 한 번씩 바뀐 꼴이지요.

황 학생들 나이 때의 특성이 있는 것이고, 그걸 누릴 수 있는 세상이 사람 사는 세상일 것 같은데, 참 요즘 학생들에게 해도 해도 너무한다 싶어요.

안 그만큼 교육감을 비롯해 우리 어른들이 할 일이 많은 거죠. 학생들을 위해 할 일 말입니다.

소수자에 대한 끝없는 관심을

김주열 열사의 생가를 빠져나와 모교인 금지동초등학교로 이동하는 동안 가슴이 답답했다. 그러나 정문 앞에 세워진 학교 게시판을 보고는 웃지 않을 수 없었다. 11월의 행사 첫 번째로 '학생독립운동기념일'이라고 버젓이 쓰여 있지 않은가. 역시 김주열 열사의 모교다웠다.

올해 4월 19일, 김주열 열사의 기림비가 세워졌다. 이 조형물에는 열사의 사진과 함께 금지동초 어린이의 다짐이 새겨져 있었다.

'선배 김주열 열사님, 사랑합니다. 우리는 민주주의의 꽃이 되신 열사의 말을 새기고 큰 꿈을 가꾸렵니다.'

기림비 주위에는 지금 학교 다니는 아이들이 직접 쓰고 그린 그

김주열 열사의 모교인 남원 금지동초등학교의 게시판.

림도 전시되어 있었다. 열사가 다녔던 1950년대에 학교는 용정국민학교로 불렸고 학생 수도 많았다. 그러나 지금은 전교생 39명. 정부 방침대로 한다면 벌써 폐교됐어야 할 학교다. 정말 그리됐다면 열사의 기림비는커녕 학교 부지조차 남아 있기 어려웠을 것이다. 비록 소수더라도 아이들이 학교에 있는 한 없애지 않는 것, 이것이야말로 교육감인 내가 할 일 아닌가. 아이들이 학교에 있는 한, 나는 이 아이들의 바람막이가 될 것이다.

안 역사를 보면 여성들이 참정권을 획득하기까지, 유색 인종들이 백인들만 점유하고 있던 교육받을 권리를 획득하기까지 얼마나 고된 시간을 보내야 했습니까?

저는 이런 점에서 인권 문제란 끝없는 문제 제기에서 출발한다고 생각합니다. 민주주의는 이와 같이 문제 제기를 할 줄 아는 시민, 민주 시민에 의해 유지되고 완성되는 것이고요. 그리고 그 민주 시민은 태어나는 것이 아니고 끝없는 교육을 통해 키워지는 것이지요. 그런 면에서, 저는 김 교육감님을 비롯해 우리 어른들이 할 일 중 가장 기본적인 것이 학생들의 자주성과 판단력 형성을 돕는 교육, 가르치고 훈련시키는 것이라고 생각해요. 교육감님이라는 직책을 맡으셨으니 더 실감하시겠지만, 지금의 제도 교육은 지식 전달에 너무 많은 비중을 두고 있어요.

김 맞습니다.

안 김주열 열사를 보세요. (금지동초등학교 앞 기념상을 가리키며) 6·25가 나던 해에 초등학교를 입학하셨네요. 그 뒤로 또 궁핍한 전후 재건기 아닙니까? 교육 환경도 더 열악했겠죠. 그랬지만 4·19 때 보였듯이 김주열 열사와 수없이 많은 고등학생들이 대학생 선배들과 함께 부정 선거를 규탄하는 시위에 참여하지 않았습니까? 아무리 열악한 환경이었다고 하더라도, 옳고 그름을 분별하고 옳은 일을 위해 나서는 용기를 그때는 가르쳤다고 생각합니다.

좋은 세상이란 누가 선물하듯이 가져다주는 것이 아니잖아요. 우리가 만들고 지켜야 하는 것이지. 김주열 열사 이후로 지금껏 학생들이 건전한 청년 의식으로 기성세대를 질타했을 때 세상이 바로잡혔습니다. 물론 공부를 하는 학생 신분이니까 현실적인 제약이 있겠지만, 어느 공동체에서도 의사 결정의 민주화, 자기 주장에 대한 권리를 보장하잖아요. 특히 학생들에게는 학칙, 교칙이 자신들에게 적용되는 것이니까, 교칙 중 학생과 관련되는 조항을 만드

학교 정문 앞에 4·19 의거 53주년을 기념하여 세운 조형물.

는 과정에서 학생들의 의사 개진을 적극적으로 장려해야 하는데, 현실은 그 반대예요. 미래의 주역이 될 학생들에게 민주주의, 인권을 훈련시키지 않으면 어떻게 이 학생들이 자신이 이 국가의 주인으로서 권리와 의무가 있다는 것을 인식하겠어요?

김 옳습니다. 어느 학교든 학칙을 제정하는 데 학생의 참여가 없어요. 학생에게 적용되는 규칙을 제정하는데 정작 학생의 의

사는 전혀 반영되지 않는 관행이 학교 현장에 그대로 남아 있는 거죠. 그리고 이에 대해 개선해야 한다고 하면 아주 강한 반발이 있어요.

안 그 부분이 지금까지 내려오는 일제 군국주의 시절의 교육 관행이고, 전체주의적인 생각인 거죠.

김 문제는 이게 계속 악순환 되고 있다는 겁니다. 전 이런 상상을 할 때가 참 무섭습니다. 이런 교육을 받은 학생들이 기성세대가 되고 또 자신들의 후손을 그렇게 교육하는.

안 예.

김 학생 인권에 대해서는 이해할 수 없을 정도로 교사들조차도 상당히 부정적이에요. 학생이 무슨 인권이냐, 이러면서요.

안 그 부분이 교사들도 그런 식으로 훈련을 받았으니까 아마 깨어날 기회가 없었던 거겠지요. 현실적으로 불편하니까요. 교사와 학생 간의 관계에서 교사는 지식을 전달하는 위치에 있지만, 구조상 권력자잖아요. 자기 이익을 내놓을 필요가 없다고 생각하니까요.

김 전체주의 체제나 독재주의 체제에서 살았던 사람들은 자기 자신도 모르게 의식과 삶 속에 그런 것들이 들어가지 않을까 싶어요.

안 예, 그렇죠. 그래서 옛날에 전체주의에서 살았던 사람이 그런 것을 극복하는 과정에서는 굉장히 많은 새로운 정보를 소화할 수 있는 능력과 관심과 이해가 절대적으로 필요하죠. 이게 결국은 젊은 시절의 학생 교육을 통해서 이뤄지지 않으면 안 되죠. 제 생각에는 전체주의 정서가 오래 가는 이유 중 하나가 우리나라 교육 제도의 문제라고 생각합니다. 학교에서 선생님들은 학생들을 대할 때 지식을 전달받는 미완성의 인격체로 보고요. 학생의 권리와 인권을 내세우는 것은 학생의 건전한 성숙에 지장이 된다고 생각하는 경향이 있거든요. 왜냐하면 그분들 시절에는 그렇게만 훈련받아 왔으니까요.

김 그렇게 생각하는 교사가 어느 교원노조 또는 교원단체 소속인가에 상관없이 상당수입니다.

안 무슨 단체든, 또 어떤 노조든 그 자체가 가진 권력의 속성이 있으니까요. 그 안에서도 전체주의 속성이 있는 거죠.

김 놀라운 사실은 교사 중 상당수가 '야간자율학습 강제해야 한다', '보충수업 강제해야 한다', 이런 의견을 가지고 있다는 것입니다.

안 사실상 우리나라가 입시 학원화 돼 있기 때문이에요. 그래서 어떤 대학에 진학시켜야 하느냐에 맞춰서 중학교, 고등학교가 쭉 피라미드처럼 연결돼 있지 않습니까. 그런 게 원인 중 하나가 아닐까 생각이 드네요. 적어도 대학에 들어가고 난 다음에 세상에 대한 관심과 정치적 표현과 자기의 개성과 스타일을 표현하라는 식으로 유보해 두도록 하죠. 개성을 막으려는 것이 아니라 지금은 그럴 때가 아니라고 말이죠.

김 그것이 바로 학생을 위하는 것이다, 그렇게 생각하는 거지요.

안 예, 그게 결국은 자유로운 생각을 못하도록 방해하는 것이죠. 교사의 생각은 당장 눈에 닥치는 것이 중요하다고 생각하고 있거든요. 또 거기에 학부모도 공범이에요. 그러니까 전 국민이 공범이기 때문에 고치기 쉽지 않죠.

김 교육이 자유로운 사고를 할 수 있는 인간을 길러내는 것이 아니라 통제되는 사고를 하는 인간을 계속 길러내고 있는 거죠.

안 그렇죠.

김 이번에 안 교수님께서 조지 오웰의 《동물농장》을 번역하셨더라구요. 잘 알려진 것처럼 이 책은 전체주의의 폐해를 통렬히 비판한 책 아닙니까?

안 언젠가 조사를 해보니까 우리나라 초등학교 상급반부터 고등학교까지 학교에서 제일 많이 권해 주는 책이 바로 《동물농장》 이더라구요. 그걸 보고 제가 깜짝 놀랐습니다. '야, 이거 선생님은 학생들에게 뭘 기대하는 걸까? 선생님은 과연 이 내용을 알고 권하는 걸까? 러시아 혁명사를 모르고 어떻게 이걸 이해할까?' 이런 생각을 했습니다.

이번에 번역하면서 다른 번역과 좀 다르게 한 것이 있다면, 매 챕터마다 뒤에 해설을 붙였다는 것입니다. 말하자면 이 책을 좀 더 깊이 이해할 수 있는 가이드라고나 할까요. 인물 대비표도 만들고, 당시의 세계 상황도 좀 장황할 정도로 설명해 놨어요. 또 처음에는 책에 실리지도 못했던 작가 서문, 우크라이나어판 저자 서문, 〈나는 왜 쓰는가〉나 〈작가와 리바이어던〉처럼 함께 읽으면 더 좋을 내용들을 대폭 수록했습니다. 선생님과 학생이 함께, 아버지와 아들이 함께 읽었으면 하는 마음이에요. 파시즘, 스탈린 독재, 북한 독재가 무서운 것만큼이나 요즘은 자본주의 독재라고나 해야 할까, 우리 내면에서도 생길 수 있는 전체주의에 대한 경각심을 일깨우는 책이거든요. 같은 작가의 《1984년》도 마찬가지구요.

김 이 책이 러시아 볼셰비키 혁명 이후의 상황을 그렸다고는 하지만, 지금 러시아가 망하고 난 다음에도 꾸준히 읽히고 있지 않습니까? 그 이유를 뭐라고 보십니까.

안 먼저 제가 재미있는 이야기를 하나 할게요. 전 세계에서 가장 먼저 이 책을 번역한 나라 중 하나가 바로 우리나라예요. 1948년인가, 미군정 시절에 이 책이 번역되었고, 말하자면 추천도서처럼 여러 기관에서 읽으라고 했다는 거예요. 당시에 이 책을 반공서적으로 생각한 것이거든요. 근데 군사정권 시기에는 또 어떻게 했습니까? 이 책을 읽으면 빨갱이라는 식으로 몰아붙이지 않았습니까? 아주 불온서적으로 여겼지요. 그야말로 역사의 아이러니죠.

조지 오웰은 영국에서는 반공주의자라고 비난받았는데, 한국에서는 용공주의자로 비판받았다고나 할까요? (함께 웃음)

어느 사회에서나 힘과 권력을 쥔 쪽에서는 전체주의를 편하게 생각하는 요인이 있거든요. 권력을 잡으면 권력을 이용해 독재를 하려는 쪽이 생기고, 그걸 받치는 세력이 생기고, 그럼으로써 이해관계에서 이득을 챙기는 세력이 생기고, 부화뇌동하는 언론도 생기고요. 그 과정에서 어느 순간 자기도 모르게 동화돼 버린다는 거죠. 《1984년》 같은 것도 결국 언어를 통제하고 사상을 통제하다 보면 사람들이 자기도 모르게 동화되어 비판의식이 제거된다는 내용이잖아요. 비판의식을 가진 시민들이 생기면 권력자들이 불편하니까요. 권력을 가진 입장에서는 그런 제도를 만들고 싶어 하는 것이 속성이지 않겠습니까? 전체주의는 단순히 정치 쪽에만 있는 게 아니라, 우리 사회 전반에 있잖아요. 가부장제도의 좋은 점도 있겠지만, 나쁜 측면도 있죠. 그게 절대적인 전체주의였고요. 재벌 총수의 절대 신성, 절대 지위, 질문 불가 같은 것도 다 전체주의 아닙니까? 따라서 책의 내용은 여전히 유효한 거죠.

김 요즘 뉴스를 보면 재벌 총수를 비롯해 각 분야 권력자들이 현대판 황제라는 생각마저 들어요.

안 많은 이들이 잘못 생각하고 있는 것 중 하나가 자유와 평등을 대립된 개념으로 받아들인다는 거예요. 장용학의 작품 중 《원형의 전설》이라는 소설이 있어요. 거기에 이런 대목이 나와요. "이 이야기는 지구가 자유와 평등으로 쪼개져 싸워서 온 시대의 이야기다"라고 말이지요. 평등의 상징을 북한으로 생각하고, 자유의 상징을 남한으로 보고, 이념적으로 대립 구도를 만들어서 평등을 내세우면 빨갱이라 생각하고, 또 거기에다 인권을 내세우면 좌와 연결되는 것이라고 보지요. 계속 이런 정서가 있어 왔던 거지요. 금기시 되어 있는 말들이 많습니다. 대표적으로 '동무'라는 말을 봅시다. 참 아름다운 말인데, 지금 남한에서 이런 말 쓰면 이상하게 보잖아요. 다 냉전 시대의 산물이죠.

그런데 절박한 상태에서는 그랬다 치고, 이미 남북한 간의 사회체제에 대한 경쟁은 끝났다고 봐도 될 시점에 와 있잖아요. 지금은 두말할 것도 없이 남한이 우수한 체제이거든요. 그 증거가 뭐겠어요. 여기는 좀 다른 생각을 가진 사람들도 말 좀 하고, 악을 좀 써도 떼를 좀 부려도 사람들이 그냥 듣고는 마음에 안 들면 외면하면 그만이거든요. 그게 이 사회의 강점이잖아요. 그게 자유민주주의의 핵심 아니겠습니까? 관용이잖아요.

시장자유주의를 내세우는 사람들은 이런 말을 해요. 시장에서는 자연적으로 사람들이 좋은 상품, 나쁜 상품이 가려진다. 상품의 질은 소비자가 평가한다. 그래서 나쁜 상품, 불량 상품은 알아서 도태된다고 생각하잖아요. 그 원리를 가지고 되도록 개입하지 마라, 주장하지 않습니까. 사상도 기본적으로 마찬가지이지요. 사상의 공개시장이라는 것이 있지 않습니까? 이상한 주장을 하는 사람들을 보면, '튀는 놈, 이상한 놈이야' 이렇게 보고 말지 않았습니까.

그러나 이상하게도 인권이나 사상, 양심과 같은 단어들이 나오면 거칠게 받아치는 분위기가 아직도 있습니다. 앞서 말씀드린 것처럼, 저는 한국의 보수 진영, 아니 극우 진영이 앞장서 이런 이야기를 해야 된다고 생각합니다. 봐라, 우리는 이렇게 사상의 자유를 누린다, 양심의 자유를 존중한다, 인권을 무엇보다 소중하게 여긴다,

바로 여기가 대한민국이다, 이렇게요.

김 사상도 설득력을 얻지 못하면 자연스럽게 퇴장을 하게 되는 거죠.

안 예, 그렇죠. 그게 사상의 공개시장 이론이죠. 주류 사회에서 받아들이기 힘들고, 이상한 주장인 데다 설득력이 없어도, 그냥 두면 되거든요. 또 그래야 하는 이유가 당대에는 공감을 얻지 못하는 이야기가 시간이 흐르면서 새로운 시대를 여는 열쇠가 되기도 하거든요. 이걸 말살해 버리면 미래는 더 어두워지는 거죠. 대표적으로 지동설이 그런 것이 아니겠습니까? 그런데 그때 탄압해 버리면 역사의 발전을 막는 것이 되어 버리죠. 다수의 지지를 받지 못하는 소수 의견이라도 큰 위해가 없으면 감싸 주고 놔두는 것이 바로 자유민주주의의 장점이라고 생각합니다. 그게 사상의 자유의 핵심이구요.

남원생협 소극장에서.

백이 아니라 십만 이뤄내도 역사는 발전한다

김주열 열사의 묘역과 생가, 모교를 차례로 둘러본 후 남원 시내에 있는 생협으로 향했다. 남원생협은 교육과 먹을거리, 환경과 문화를 고민하는 이들이 자발적으로 결성한 비영리단체로 작은 공동체 운동을 벌이는 곳이다. 3층짜리 낡은 건물을 통째로 인수해 새 단장을 하고, 이곳에 매장, 커피숍, 소극장, 게스트하우스까지 마련했다고 한다. 겉보기에도 탄탄했다.

안상연 생협 이사장으로부터 따뜻한 커피 한 잔을 대접받고 소극장으로 들어왔다. '윤리적 소비를 하는 당신이 아름답습니다'라는 글씨가 뒤 벽면에 새겨져 있었다. 종종 기량은 있지만 공연장을 찾지 못하는 예술인들이 이곳을 공연 공간으로 사용하고 있다고도 한다. 생협이 지역민의 구심점 역할을 톡톡히 하는구나, 하는 생각을 했다. 텅 빈 소극장에 앉은 우리의 대화는 좀 더 속 깊어졌다.

김 오늘 안 교수님을 모시고 여러분들을 함께 만나 이야기할 수 있어 좋았습니다. 교수님과 좀 더 많은 이야기를 나누고 싶어 이렇게 빈 극장으로 모셨습니다.

안 저는 이렇게 작은 소극장이 좋습니다. 공연자와 관객이 서로 숨결을 느낄 만큼 가까운 곳, 여기서 서로 진면목을 보여 주는 것이지요. 교육감님 되시고 난 뒤에 너무 바쁘셔서 함께 이야기할 시간이 많지 않았는데, 저도 교육감님과 이렇게 둘이 마주 앉아서 이야기하고 있으니 정말 기쁩니다.

김 제가 훨씬 더 감사하지요. 제가 안 교수님을 지켜보면서 평소 부러워했던 것이, 우리나라 법학이 거의 해석법학 일변도인데, 위원장님은 그 테두리 안에 갇히지 않고, 또 해석법학의 전통을 무시하지 않으면서도 해석법학을 뛰어넘는 또 다른 학문의 세계를 이루신 겁니다. 서울대학교에만 있고 다른 대학에 없는 강좌가 바로, 교수님이 개설하신 '법과 문학'이라는 강좌였죠. '인권법' 강의도 처음으로 개설하셨고요.

안 저는 의도적으로 서울대 틀을 벗어 보려고 애를 썼습니다. 서울대 교수로 있었던 것은 저한테는 자부심도 있었지만 한편으로는 큰 책임감도 있었구요. 그래서 나름대로 제도 개혁을 하려고 노력했지요. 그 방법이 옳았는지 어떤지 잘 모르겠지만, 어느 시점에 또는 시대에 맞춰 우리 학생들이 다른 쪽으로 숨 쉴 틈이 필요하다 생각하면 그 숨통을 트게 하는 작업에 관심을 두는 편이었습니다. 저의 이런 시도가 나중에 어떻게 평가될지 모르겠지만요.

김 아주 사적인 이야기인데, 2009년 1월이거든요, 그 무렵이 되면 항상 전례에 따라서 한국헌법학회 신년인사회가 있어요. 제가 그때 회장을 맡을 때인데, 정말 천만 뜻밖에도 현직 국가인권위원장님께서 식사를 내셨어요. 그것은 전무후무한 일이었거든요.

안 아아, 그런가요? (웃음) 그건 업무에 관련된 것이기 때문입니다. 인권위 차원에서 헌법학회에서 인권을 다뤄 주느냐, 이것도 아주 중요한 일입니다. 대다수 국민의 경우는 '헌법' 하면 당연히 권력구조만 생각하는데 더 중요한 것이 인권, 기본권이지 않습니까.

그래서 당연히 그때 업무적으로 국가인권위원회와 헌법학회와의 신년 교류의 형식이 되었죠. 저는 뭐 특별한 일이 아니라 당연하게 생각했는데요. (웃음)

김 그 뒤로는 아예 없었다고 하거든요. (웃음)

안 아, 예. 나는 김승환 선생님 인상이 깊었어요. 전북에 계시면서도 아주 빛나는 활동을 하셨고, 또 그 내용이나 폭이 굉장히 좋았거든요. 게다가 그 전에는 우리나라 학계라는 것이 모임도 그렇고 활동도 그렇고 다 서울 중심으로 이뤄졌는데, 김승환 선생님이 헌법학회 회장직에 지역 인사로는 드물게 맡았지요. 제가 그때 속으로 매우 기뻐한 사람이었습니다. 또 교육감 나가실 때도 올곧은 생각을 가진 분이 교육 현장에 나가는 것은 좋은 일이라는 생각이 들었어요.

임기 동안 일을 많이 하시길 바랐고요. 설사 임기 동안에 다 이루지는 못하더라도, 애쓴 그 방향들을 많은 사람들이 기억할 것이니까요.

임기가 끝난 뒤에도 또 다른 형식의 시대적 요청이나 혹은 다른 무엇이 있을지 모릅니다. 그런 것에 대해 본인이 최종적으로 판단하시게 되겠지만, 지금까지 세운 학문과 시국에 대한 경험이 어떤 식으로든지 우리나라 후세를 키우는 데 크게 기여할 것이라 기대하고 있습니다.

김 그런데 제가 공직에 있으면서 참으로 답답한 것 중 하나가 이겁니다. 국가적으로 수많은 헌법적 쟁점들이 제기되고 있는데 제

위치에서는 말할 수 없다는 것, 표현할 수 없다는 것, 그게 순간순간 질식할 것 같더라구요.

안 예, 그게 바로 공직이 가지고 있는 부담이죠. 공인이 가진 생각은 개인의 생각이 아닌 그 기관의 생각으로 받아들이지요. 그래서 기관장이 사견을 전제로 말한다고 해도 사람들은 그렇게 생각하질 않지요. 기관장의 입에서 나온 것은 바로 그 기관의 입장이 되는 수가 많죠. 실제로 그렇게 해야 하구요. 저도 국가인권위원회에 있을 때 그랬었습니다. 답답한 점이 분명히 있죠. 그럼 좀 쉬면 될 것 아닙니까. (웃음)

김 그래서 늘어난 게 자기 검열 같아요. 수도 없이 자기 검열을 하게 됩니다.

안 예, 하게 되지요. 충분히 공감합니다. 저도 국가인권위원회에 있을 때 가장 답답했던 것 중 하나가 위원장 개인 의견이 없다는 거였어요. 내 개인 의견이 분명히 옳다고 판단되면, 어떻게 그것을 기관의 의견으로 만들어 내느냐, 이 과정이 열쇠인 거죠. 교육감 같은 경우는 독임제(獨任制)라 의사 결정 구조가 다르겠지만, 국가인권위는 합의제(合議制) 기관이기 때문에 더 복잡했습니다. 위원장 입에서 나올 때는 그 기관의 의견으로 만들려고 애를 썼구요. 모든 결정을 만장일치로 만들려고 노력했습니다. 그러다 보니 힘든 게 많았어요. 사실은요.

김 이 대목에서 돌직구 하나 드리죠. (웃음) 공직이란 무엇이라고 보십니까?

안 기관의 장, 수장은 공직을 통해서 뭔가를 이뤄야 하지 않습니까. 제도를 통해서요. 자기 생각으로만 다 할 수가 없거든요. 이룬다 하더라도 거기에 절차가 있고 거기에 달리 생각하는 사람들에 대한 배려가 있어야 하고, 시행하는 과정에 또 다른 문제들이 기다리고 있습니다. 그래서 장이 되면 외롭지요. 저는 이런 생각을 했습니다. 마음이 가는 쪽 사람들에게는 굳이 몸이 안 가도 이해해 주실 거다. 그러니 오히려 마음이 안 가는 쪽에 몸이 가야겠다. 그래서 자꾸 만나고 이야기하면서 서로 견해차를 극복해야겠다.

김 실무상 해보면요, 마음이 가는 부분에 몸이 안 가면 그게 또 문제가 되는 경우도 있더라고요.

안 그렇죠. 그래서 그 부분을 자꾸 생각을 하게 되는데, 그래도 결정적인 순간에는 배분을 잘해야지요. 안 그러면, 마음 가는 데 몸까지 가버려 한쪽으로 치우쳤다, 그런 소리를 듣게 되죠. 내 몸을 골고루 나눌 수는 없잖아요.

김 그게 굉장히 힘들더라고요. 이미 마음이 통하는 쪽에서는 좀 자유롭게 놓아주면 좋겠는데 안 놓아줘요.

안 네, 맞아요. 그런 게 있죠. 그래서 외롭죠. 아마 지방에서는 더 힘들 거예요. 관계가 복잡하게 얽혀 있잖아요. 공직을 맡다 보면 여러 가지 스트레스가 많습니다. 어디다 말도 다 할 수 없고 해서. 그래서 전 제 마음속으로 늘 무언가 즐거움을 상상합니다. 제가 인권위에 있을 때, 억울하고 불행한데 말할 데 없어 찾아오는 분들을 수도 없이 만났습니다. 그분들을 위해 무슨 일이든 해야 하는데, 그게 다 한계가 있잖아요. 그러다 보면 자연스럽게 제 스스로 우울해지고 자괴감이 드는 겁니다. 그러다 퍼뜩 깨달았습니다. 내가 이러면 안 된다, 타인의 억울함과 불행을 변호하려면 내가 강해야 하는구나, 그런 생각. 그래서 제 스스로 행복감을 찾을 수 있는 일이 무얼까, 그런 생각을 했었습니다.

김 저는 요즘 혼자 운전할 때 편안해집니다. 의도적인 격리 혹은 유폐라고 해야 할까요. 그런 시간이 내게 필요하구나, 깨닫습니다. 내가 나에게만 집중하는 것이 이렇게 제게 만족감을 주는 것인지 몰랐습니다.

안 사람마다 차이가 있을 텐데요. 나는 공직을 이렇게 생각해요. 사적인 에너지를 다 동원해서 공익을 위해서 일정 기간 서비스를 하는 것이다. 선비 정치의 전통도 그렇고요. 특히 법학 같은 것은 실천 학문이거든요. 내가 원하는 세상을 제도를 통해서 바꾸겠다고 마음을 먹고, 본인에게 기회가 주어지면 거기에 적극적으로 응하는 것이 저는 법학자라고 생각합니다. 본인이 닦은 역량을 연구실에만 가둬 두면 안 되지요.

학교 보직도 일종의 뭔가 제도를 만드는 역할이지 않습니까. 평교수는 비판이나 문제 제기만 해도 되지요. 실제 해답을 제출할 필요도 없고요. 그러나 이렇게 제기된 문제를 제도로 만들어야 하는 보직 교수에겐 제도를 만드는 역량이 필요합니다. 반대하는 사람들의 의견을 어떻게 종합해 내느냐가 가장 중요한 역량이지요.

그리고 내가 원하는 것이 백이면 백, 다 이뤄지진 않습니다. 그러나 백이 아니라 십만 이뤄낸다고 해도 역사는 발전한다고 생각합니다. 나머지 구십에 대한 부분들은 자꾸 몸으로 버티면서 내공을 쌓아야 해요. 공직이란 게 그런 것입니다. 흥분하면 안 됩니다.

김 저는 흥분 안 했는데……. (웃음)

안 흥분했잖아요. 제가 보기에 김승환 선생님은 아직도 아름다운 청년이에요. (웃음)

2011년 11월, 전북교육문화회관에서 일선 학교와 지역 교육청, 직속 기관 등의 행동강령 책임관 800여 명이 참석한 가운데 '공직자 특별 청렴 교육'이 진행됐다. 초빙 강사가 안경환 교수였다. 그런데 특강을 시작하기 전, 차 한 잔을 마시며 내게 건넨 말이 있다.

"김 교육감! 지금은 교수가 아니거든. 그리고 《월간 조선》 이런

것도 봐야지, 그걸 딱 끊으면 어떡하나? 저쪽에서 무슨 생각을 하고 있는가, 그건 알아야 한단 말이지."

나는 하하 웃었고, 안경환 교수는 인자한 웃음을 머금고 있었다. 내가 난생처음으로 《신동아》라는 매체에 기고문을 낸 것도 안 교수 때문이었다. 나의 글은 국가인권위원회의 존립에 대한 입장을 밝히는 글이었다. 당시에도 "저는 거기엔 글을 싣지 않을 겁니다" 했더니, "김 선생은 그게 문제야" 하며 기어이 《신동아》에 글을 싣게 했다. 그런 그가, 이번에는 나에게 공직의 경험을 물려주고 있다.

안 그리고 자기가 평생 가슴에 안고 가야 할 짐도 있죠. 돌이켜 봤을 때, 제가 가장 아쉽게 생각하는 것은 국가인권위원회를 준(準)국제기구적인 성격을 갖는 기구로 입지를 세우고 싶었는데 이루지 못한 것입니다. 그때 곽노현 교수가 들어와서 처음에 애를 썼죠. 밑바닥도 다지고.

그런데 안을 향해 불만과 비판을 표출할 수는 있지만, 바깥에서 내 나라를 욕하게 되면 아주 창피스럽거든요. 그래서 인권위원장 마지막 시절에 내가 아니더라도, 이명박 대통령이 임명한 사람이 하더라도 의장국을 하도록 주선을 다 해뒀거든요. 그러면 대통령도 모양이 좋을 것이고, 나라에도 도움이 될 것이고 그랬을 텐데요. 그래서 참 많이 애를 썼는데요, 결국 정부에서 반대하니까 안 되더군요. 그 아쉬움이 제가 안고 가야 할 몫이라고 생각합니다.

김 그때 이명박 정부가 가장 많이 썼던 단어가 '국격(國格)'이었는데 말입니다.

안 그렇지요. 그걸 국제사회에서 수습하느라고 또 힘들었습니다. 창피하기도 했구요.

김 그러니까 정권 차원에서도 수오지심(羞惡之心)이 있어야 하겠더라구요. 이런 일을 하는 건 참 부끄럽다고 생각하는 의식만 있어도 일을 그렇게 엉망으로 만들지는 않았을 텐데……. 가만히 보면, 자기들이 무슨 일을 하는지도 모르는 사람들의 생각이 곧 법이 되어 버리기도 합니다. 절제를 모르는 거죠. 제가 안 교수님께서 직접 쓰신 퇴임사도 읽어 보았고, 당시 이슈가 되었을 때 기사들도 다 읽었는데, 그때 느낀 게 안 교수님은 참 자기 절제를 잘하시는 분이구나, 하는 것이었습니다.

안 국가인권위는 구성 자체가 다양한 배경을 가진 분들이 많이 있고, 또 정치적으로 입장을 달리하는 분들도 많이 있지요. 그래서 의견을 모으는 과정이 어렵습니다. 생각이 다른 분들의 의견을 한쪽으로 모으기 위해서는 원칙과 이상을 고집하기보다 현실적으로 그 수위를 낮추거나 내용을 조정할 필요가 있습니다. 그런 과정에서 나온 만장일치 의견이 많았기 때문에 바깥쪽에서 보기에는 성에 안 찬다고 생각하는 분들도 많았을 거예요. 국가인권위 같은 경우 의견이 국가기관에 대해서 권고하는 내용이니까, 권고를 받을 수 있을 정도의 상황이나 이와 비슷하게 맞춰 줄 필요가 있었습니다. 너무 앞서 가버리면 현실적으로 굉장히 힘이 드니까요. 그런 걸 조정하는 데 애를 쓰기는 좀 썼습니다.

김 겸손한 말씀이십니다. 얼마 전 타계하신 넬슨 만델라 대통령과 같은 분들의 취임사나 퇴임사 이런 것을 보면 정말 기억에 남을 만한 문장들이잖아요. 우리나라에서는 그런 걸 찾기가 굉장히 어려웠는데, 위원장님께서 2009년에 물러나시면서 발표했던 퇴임사는 정말 격조 높은 퇴임사였습니다.

안 아, 네, 그렇습니까. (수줍게 웃음) 기관 이름으로 나오는 게 대체로 실무선에서 조율되어서 나오는 게 많지 않습니까. 제 경우는 취임사도 그렇고 신년사도 제가 직접 나름대로 생각을 하고 썼습니다. 퇴임사의 경우, 특히 좀 다른 상황에서 떠났기 때문에 정부와 마지막에 소통이 안 되었고, 그러면서도 국제적인 네트워크와 그 속에서의 리더십을 만들려고 애를 썼고요. 그런 과정에서 나름대로 생각을 했고요. 그것을 격조 높다고 봐주셔서 고맙습니다. 어찌되었든 여러 번 생각한 내용들을 정리해서 썼기 때문에 제 생각과 제 필체가 담겨져 있다고 볼 수 있지요.

김 저는 그 퇴임사를 품격이 있는 울분이라고 생각했습니다.

인권은 좌도 아니고 우도 아니다

세계국가인권기구협의회, ICC는 2007년 3월 23일 캐나다의 제니퍼 린치를 의장으로, 대한민국의 안경환을 부의장으로 선출했다. 이에 따라 안경환 위원장은 특별한 이변이 없는 한, 차기 ICC 위원장으로 예정되어 있었다. 그러나 인권에 알레르기 반응을 보인 MB 정권에 의해 ICC 의장국의 지위는 다른 국가로 넘어가는 치욕을 당하고 말았다.

퇴임 후 그에게 훈장을 수여한다는 정부의 방침이 전달되었지만, 그는 정부의 제안을 정중히 사양했다 한다. 국가인권위원장으로서 그가 남긴 마지막 말은 "정권은 짧고 인권은 영원하다"였다.

김 국가인권위원장 취임부터 퇴임까지의 과정을 쓴 《좌우지간 인권이다》라는 책을 읽었습니다. 위원장님의 인권에 관한 지론이 인권은 진보도 보수도 아니고 인류 보편의 가치다, 이것이잖아요.

안 예. 그런데 우리나라 사람들은 정치적으로 한쪽에 편향되어서 그쪽으로 평가를 해버리니까. 사실은 진보나 보수나 인권에 대한 가치 평가는 같아야 하거든요. 다만 우선순위나 비중이 현실적인 실현에 있어 어떤 절차를 거치느냐 그것만 차이 날 따름이지, 인권에 대한 존중은 같아야 하거든요. 그런데 우린 한쪽밖에 없는 것 같아요. 이게 문제입니다. 자신들이 진보적이라고 생각하는 쪽은 자신들만이 인권과 결합되었다고 생각하고, 반대로 보수 쪽에서는 아예 인권 이야기는 하지도 않고 오히려 공격의 표적으로 삼아버리지요. 사실 보수 진영이야말로 인권 수호라는 관점에서 깊은 관심을 보여야 하는데도 말이에요. 우리 교육감님께서도 아마 현장에서 일하시려면 여러 가지 애로가 많을 것입니다.

김 매일 부딪히는 일이죠. 사실, 저는 요즘 인권 탄압한다는 말도 많이 듣습니다. 비정규직 문제 때문에요. (쓴웃음)

안 예, 이상주의자들이나 원칙론자들은 그렇게 비판할 겁니다.

김 인권이나 민주주의는 인류가 발견해 내고 확인한 가장 소중한 가치들인데, 우리나라에서는 아직까지도 인권을 말하면 왜 이렇게 기분이 암울해지는지 모르겠어요.

안 그게 끝없는 과정 아니겠습니까? 시대에 맞춰서 조정을 해야 하고 발전을 하게 해야 하는데, 어느 사회에서나 현존 체제에서 혜택을 누리고 있는 쪽에서는 새로운 시대로 전진하는 데 미적거리게 되지요. 현 상황에서 충분히 누리는 이익이 있는데 뭘 바꾸느냐, 이렇게 생각하는 거지요. 인권이라는 게 사회 다수 지배 집단보다는 소수의 소외 집단 입장에서 이야기하는 것으로 생각하고 있으니까, 현재 별 문제의식을 못 느끼고 혜택을 누리는 사람들이 반드시 수용하고 이해할 때까지 긴 시간과 절차가 필요하겠죠.

김 '인권은 무엇인가'라는 본질적인 물음은 필요한 것 같습니다. 거기에 대한 생각은 어떠신가요?

안 역사의 완결성을 믿느냐, 안 믿느냐에서부터 출발한다고 생각합니다. 현재 우리가 살고 있는 이 역사가 완결되었다고 생각하는 쪽에서는 새로운 문제가 없으니까 그냥 이대로 가면 된다고 생각하지요. 그런데 역사에 어찌 완결이 있겠습니까? 끝없는 문제 제기와 발전을 위한 몸부림을 쳐야 되지 않겠습니까? 그럴 때 우리 법률가들은 어느 정도까지 사회 다수가 합의를 이룬 내용들을 바탕으로 하고, 이를 가능하면 지키자고 생각하는 쪽이 많지요. 그렇게 되면 무슨 문제가 생기느냐? 사회는 점점 변하고 현실은 달라지는데, 그 현실을 현재의 규범 체계 속에 담을 수 있겠느냐, 없겠느냐 하는 문제가 생기잖아요. 법률가가 해온 이야기는 현재의 체계 속에 새로운 현실을 담아 가지고 해석을 해내자는 생각을 하는데, 그것으로는 한계가 있다고 생각합니다. 그러면 종국에는 법을 바꿔야지요.

그 법을 바꿔야 하는 동기가 있어야 하는데, 저는 그게 바로 인권 차원의 문제 제기라고 생각합니다. 법과 인권을 보통 대비시킨다고 보면, 법은 다수 입장에서 세상을 보는 것이고요, 인권은 소수자 입장에서 다수가 가진 지배 체제에 대한 문제점을 제기하는 것이기 때문에, 법보다 항상 현실에서 앞서 나가야 한다고 생각이 되지요. 그러다가 인권에서 끊임없이 문제 제기된 내용을 나중에 다수가 어느 정도까지 수용할 단계가 되면 법으로 보는 게 아니겠습니까. 그러니까 인권 문제는 시대보다 항상 앞서 나간다. 앞서 나가는 동기는 무엇이냐? 소수자가 당하고 있는 고통을, 다수 지배가 가지고 있는 문제점을 제기함으로써 사회 전체의 균형을 잡는 것이라 생각합니다.

지금 갈수록 경쟁이 치열해지고 있는데요. 경쟁 자체가 평등하고 기회가 공정하다 하더라도, 그 경쟁에 제대로 참여할 수 없는 사람들도 많이 있거든요. 여러 가지 이유 때문에 말이죠. 그렇다면 출발선에도 도달하지 못하는 그 사람 입장에서, 어떤 식으로 사회 다수가 베풀어 왔는가, 그 사람을 보호할 수 있겠는가, 생각해 봐야지요.

학생 문제도 그렇습니다. 학생이 약자잖아요. 그런데 윽박지르듯이 가르치는 것을 배우기만 해라, 하면 민주시민이 못되죠. 참정권만 주어진다고 민주시민이 되겠습니까? 민주의식이 커야 되는 거죠. 민주의식이 뭡니까? 주인의식이지 않습니까. 주인의식은 내가 가지고 있는 정체성이 뭐냐 하는 인식과 정체성에 대해 표현할 수 있는 여건과 (아울러) 나에 관련된 여러 가지 규범을 만드는 과정에 내가 참여할 수 있는 권리이지 않습니까. 이런 부분이 학생 때부터 습관이 되어 형성되지 않으면 갑자기 참정권을 행사한다고 해서 무엇을 할 수 있겠습니까? 그냥 따라가는 거죠.

김 학생들이 성장하는 과정에서 민주주의의 공기, 자유의 공기, 인권의 공기를 적정하게 마셔야 된다는 말씀이시죠.

안 예, 그거 없이는 못 살죠. 민주시민은 갑자기 태어나는 게 아니죠. 내가 민주시민이라 하더라도, 내 아들, 내 딸이 바로 민주시민이 되는 게 아니죠. 끝없이 교육을 통해서 배양되는 게 민주시민인데, 배양되는 과정에서는 자기가 주체가 되는 훈련, 주체가 되어 참여하고 난 뒤에 그 결정에 대해서 자기가 책임을 지는, 이게 가장 본질이 되죠.

학생인권조례를 저도 봤는데요. 아동권리협약에 의한 조례라는 것을 명확히 하셨더군요. 앞서 이야기한 것처럼 국제협약은 국내법과 동일한 효력을 갖는다는 대원칙이 있습니다. 그런데 학교에서 아동권리협약의 내용을 아는 사람도 많지 않고, 여기 담긴 내용을 실천하겠다고 생각하는 사람도 많지 않습니다. 우리가 가입한 국제협약에 따르면 어떤 형태의 체벌도 금지하고 있습니다. 우리가 그렇게 지키겠다, 약속했다는 말입니다. 이게 법이구요. 법이 그런 데도 불구하고 선생님들이 체벌이 필요하다고 할 때는, 심하게 말하면 법을 모르는 것이라고 할 수 있죠. 그래선 안 되죠.

"나도 맞아 보니까 선의의 체벌은 효과가 있다." 이렇게 말씀하시는 분들이 많아요. 그런데 그때 시절과 지금은 다릅니다. 일제 군국주의와 우리 군사정권 때, 그때를 겪으면서 그 당시에 질서를 챙기는 방향, 공공을 유지하는 패턴을 지금 민주 세상에 그대로 적용시킨다면 안 되죠. 역사라는 것이 앞으로 진전되면서 개선된다고 저희가 믿잖아요. 그런데도 옛날의 잘못된 관습을 고집하는 것은 퇴행적인 것입니다.

김 체벌을 정당화하는 분들을 만나면서 느끼는 건데요. 그런 사람들은 교육권이라는 것을 학생에 대한 포괄적인 지배권으로 이해하고 있지 않나 싶어요. 그래서 명시적인 조항이 없더라도 체벌은 교육권에 포함된다는 식으로요.

안 말도 안 되죠. 우선, 교육 권한이 성립될 수 있는가 하는 것부터 생각해 봐야 합니다. 교육의 근본적 목적이 어디 있겠습니까? 아동의 인격을 발휘시켜 민주시민을 키우는 것이고, 교사는 그 내용을 전달해 주는 사람입니다. 선생이 있기 때문에 학생이 있는 것이 아니라, 학생이 있기 때문에 선생이 있는 거죠. 선후 관계에 있어서요. 그렇다면 민주시민을 만드는 데 내가 무엇을 가지고 서비스하느냐, 라는 생각을 가져야 하죠. 체벌을 통한 서비스냐, 서비스 받는 입장에서 그렇게 생각하겠느냐, 생각해야죠. 교육의 입장에서 교사가 학교의 주인이라는 생각은 잘못된 생각입니다.

김 네, 네. 좋은 말씀 감사합니다.

나는 오후 한나절을 함께한 안경환 교수보다 자리에서 먼저 일어나야 했다. 그날 밤늦게 또 다른 일정이 있었기 때문이다. 먼저 청해 듣겠다 했는데 먼저 뒷모습을 보여야 했다. 짙은 아쉬움과 죄송함이 밀려왔다. 안 교수는 얼굴 가득 깊고 잔잔한 미소를 띠며 내 아쉬움까지도 이해한다는 듯 어서 가라고 손을 내저었다.

밖에는 이미 어둠이 내려앉고 있었다. 서늘하고 자욱한 안개비가 퍼져 있었다. 금세 어깨가 축축해졌다. 밤이 깊어지면 이 비가 더 짙어지려나. 안 교수님 돌아가는 길에 아무런 지장이 없어야 할 텐데, 하는 생각을 했다.

안경환 교수는 인권에 관해 자신의 확고한 사상을 갖고 있었다. 인권 문제는 항상 시대보다 앞서 나간다는 것, 그리고 다수 지배가 안고 있는 문제점을 소수자가 제기함으로써 사회 전체의 균형을 잡는 것이라는 것은 명백하게 자신의 법철학적 바탕 위에서 나온 생각이다.

나는 학생인권조례를 언급할 때마다 유엔 아동권리협약을 연결시켰다. 우리나라도 이 협약에 가입해 있다는 것, 이 협약은 헌법 제6조 제1항 "헌법에 의하여 체결·공포된 조약과 일반적으로 승인된 국제법규는 국내법과 같은 효력을 가진다"라는 조항에 따라 우리나라에서도 효력을 발생하고 있다는 것, 따라서 학생인권조례는 새로운 학생 인권을 만들어 내는 것이 아니라 헌법과 아동권리협약 등을 통해서 이미 존재하고 있는 학생 인권을 다시 한 번 확인하는 것이라는 점을 강조해 왔다.

그러나 교육공동체 내에서 나의 이 말에 전적으로 동의하는 의견을 찾기는 어려웠다. 몰라서일까, 아니면 알아도 모르는 체하는 걸까? 그냥 '교육감은 저렇게 생각하나 보다'라는 반응 정도가 그나마 괜찮은 반응이었다. 학생 인권을 주장하면서 깊은 고독과 이질감을 느낀 것이다. 그런데 안경환 교수도 나와 똑같은 의견을 갖고 있었다. 순간 막혀 있던 숨통이 트이는 기분이 들었다.

만남을 마무리하고 남원에서 헤어지면서 나는 안경환 전 국가인권위원장의 모습을 깊은 시선으로 쳐다보았다. 국가 내에서 어느 공직이든 맡을 수 있는 탁월한 전문성과 경륜과 균형감각을 갖고 계신 분이 홀로 고고하게 서 있는 모습이었다.

점과 점이 만나 선이 되고, 선이 만나 면이 되고, 면이 만나 입체가 되듯이 따로 또 홀로 있던 우리는 만남을 통해 서로를 격려하고 다스린다. 김주열은 4·19만 만들어 낸 것이 아니었다. 대학 시절부터 황량한 곳에 방치되듯 놓여 있던 그의 무덤을 찾은 대학생 안경환이 오늘 한국 인권의 지킴이가 되고, 존경할 선배 학자를 보며 고민하고 공부하던 모습이 나를 이 자리로 이끌었을 것이다. 그런게 '만남'이다. 사람과 사람이, 과거와 현재가, 영혼과 영혼이 만나는 것.

내게는 앞으로도 수없이 많은 만남이 이어질 것이다. 학생, 교사, 학부모, 행정 직원들과 만나야 한다. 이들의 눈에 나를 어떻게 비추게 할 것인가. 무엇보다 아이들의 맑은 눈망울에는 또 나를 어떻게 새기게 할 것인가.

다음 만남을 위해 나의 내면을 깊이 응시해 본다.

…저는 인권이란 이념적 좌도 우도 아니고, 정치적 진보도 보수도 아닌, 그야말로 모든 사람이 일용할 양식인 인류 보편의 가치라는 믿음을 안고 살았습니다. 이 평범한 소신을 국가인권기구의 수장으로 지켜야 할 가장 으뜸가는 업무 수칙으로 삼았습니다. 그래서 언제나 엄정한 정치적 중립을 강조했으며, (…) 그러나 이러한 저의 소신과 노력은 극단적인 분리와 대립이 항다반사가 되어 버린 세태 아래 빛을 잃었습니다. (…) 인권의 길에는 종착역이 없다는 사실을. 또한 우리는 너무나 잘 알고 있습니다. "정권은 짧고 인권은 영원하다"는 만고불편의 진리를. 우리들 가슴 깊은 곳에 높은 이상의 불씨를 간직하면서 의연하게 걸어갑시다. 외롭지만 떳떳한 인권의 길을. 오늘 우리를 괴롭히는 이 분노와 아픔은 보다 밝은 내일을 위한 작은 시련에 불과하다는 믿음을 다집시다. 제각기 가슴에 품은 작은 칼을 벼리고 벼리면서, 창천을 향해 맘껏 검무를 펼칠 대명천지 그날을 기다립시다.

_안경환 국가인권위원장 이임사 中

안경환 전 국가인권위원장은 공익인권법재단 '공감' 이사장이다. 서울대학교 법학교수로 재직하였다. 저서로 《좌우지간 인권이다》, 《황용주, 그와 박정희의 시대》, 《조영래 평전》 등이 있다.

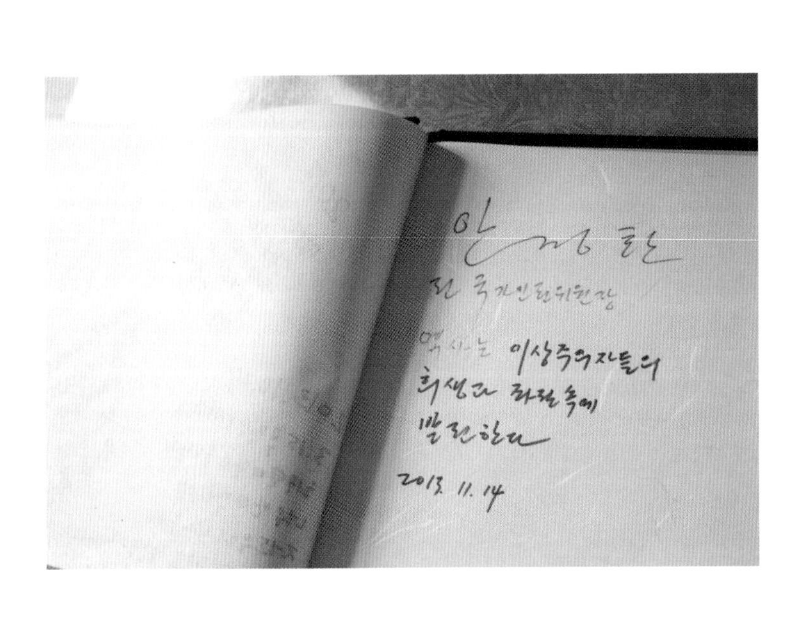
전 국가인권위원장
역사는 이상주의자들의 희생과 좌절 속에 발전한다
2013. 11. 14

05

전라북도교육감 김승환이
정신과 전문의 정혜신에게
"교육"에 대하여
듣기를 청하였더니,

정혜신이 "치유의 나눔"이라고 답하다

마음에 가시광선, 비춰 보일 수만 있다면

–들여다보아야 할 우리, 보듬어 줘야 할 상처들

정신과 의사인 정혜신 박사를 직접 만나 본 적은 없었다. 그러나 《한겨레신문》에 쓰는 칼럼은 빼놓지 않고 읽을 만큼 나는 정혜신 박사를 간접적으로는 알고 있었다. 정 박사의 글은 말하고자 하는 주제가 선명했고, 누구나의 흔한 이야기가 아니라 새롭고도 진지한 화두를 던져 주는, 읽는 즐거움이 담긴 글이었다.

만나서 의견을 듣고 싶다는 부탁을 일면식도 없는 이로부터 받았으니 약간은 황당한 기분이 들었을 수도 있다. 그런데도 정 박사는 나의 청을 흔쾌히 받아 주었다.

정 박사를 만나기 위해 오랜만에 기차를 탄다.

한때 경제적으로 여유 있는 사람들만이 이용할 수 있었던 새마을호.

새마을호라니……. 전국을 휩쓸었던 '근면, 자조, 협동'의 구호가 비죽비죽 새어 나오는 듯하다. 때와 장소를 가리지 않는 나의 냉소를 얼른 주머니 속에 구겨 넣는다. 날씨는 조금 쌀쌀했지만, 냉기가 객차의 유리를 넘나들 정도의 추위는 아니었으므로 열차 안은 따뜻했고, 창밖은 맑았다.

익산역을 지날 때쯤 준비해 간 김밥을 먹었다. 1995년 익산시로의 통합 이전 역사(驛舍)의 이름은 이리역이었다.

이리역사는 학창 시절 서러움과 간절함이 교차하는 곳이었다. 이리에서 초등학교를 졸업한 후 중·고등학교를 광주에서 다녔다. 부모님 앞에서야 짐짓 의젓함을 꾸몄지만, 좌석 구석에서 초라하게 뒤로 밀려 가는 이리역사를 보며 치밀어 오르는 눈물을 참기란 늘 힘겨운 일이었으며, 어쩌다가 한 번씩 집으로 돌아가는 선로에서 보이는 이리역의 풍경은 14살 어린아이의 들뜬 귀향을 전혀 만족시키지 못하는 속도로 느리게 다가오곤 했다.

1977년 이리역 폭발이라는 비극을 보았다. 캄캄한 밤 추위와 어둠을 버티기 위해 화약 호송원이 무심코 댕겨 놓은 양초 한 자루에, 경찰의 발표에 따르면 반경 4km 이내 삼남극장에서 하춘화 쇼를 즐기던 이들도, 이란과의 축구 경기를 시청하던 이들도 날벼락을 맞았다. 사람들은 뭔가 석연치 않다고 수군거렸지만, 시신조차 찾을 수 없었던 화약 호송원의 과실(過失)로 매듭지어졌다.

나의 서럽고도 간절했던 유년의 기억도 그 지점에 멈춰 있었다.

풀잎에도, 꽃잎에도 상처가 있다

서울역에서 내린 나는 택시를 타고 역삼동으로 향했다. 중국발 미세먼지 주의보가 내려진 탓에 서울의 가시거리는 짧았다. 벤처기업의 요람지인 테헤란밸리를 지나 대형 업무용 빌딩숲으로 들어섰다. 이곳의 유동 인구수가 무려 20만 여라 했던가. 평일에는 사람과 사람들이 어깨를 부딪치며 분주히 오갔을 거리다. 그러나 오늘은 주말이라 그런지, 도로는 한산했다.

마인드프리즘(Mindprism)은 병원에서 정신과 전문의로 일하던 정혜신 박사가 대표로 있는 심리치유 전문기업이다. 어느 기사에 따르면 정 박사는 IMF 위기를 겪으며 심리적 불안과 정신적 스트레스 때문에 힘들어 하는 직장인들을 많이 만나게 됐다고 한다. 그래서 이들이 일터에서 받는 어려움을 극복할 수 있게 전문 심리치유 서비스를 만들어 돕자는 생각으로 2004년 이 회사를 설립했다고 한다.

커피 한 잔에 천 원. 마인드프리즘 안쪽에 자리한 카페에 들어섰다. '다른 것은 몰라도 커피 값만 보면 경제적 부담은 홀가분하겠네' 하는 우스운 생각이 슬며시 새어 나왔다.

심리분석을 받은 이들이 이곳에서 치유적인 자기 성찰을 하고, 사람들끼리 모여서 자신을 깊이 있게 들여다보는 마음치유 프로그램들을 진행한다고 했다. 치유적인 공기의 흐름 속에 자신을 둠으로써 마음이 더 자연스럽게 흘러나오도록 하는 장치로서의 역할을 한다는 것이다.

카페에서 열 걸음 정도를 걸어 정 박사의 상담실로 자리를 옮겼다. 이야기는 그곳에서 시작됐다. 마주보고 앉은 정혜신 박사의 눈

이 나를 깊이 있게 들여다보고 있었다.

김승환(이하 김) 고민하는 문제들이 많습니다. 드러난 문제에 대해 해결책을 찾아야 하는 것은 물론 제가 해나가야 하는 일이지만, 왜 이런 일들이 생기는지 드러나지 않는 원인이랄까, 또는 왜 사람들은 이렇게 생각하게 되는지를 알고 싶을 때가 많습니다.

가령 학교라는 현장에서 발생하는 '체벌'을 바라보는 여러 사람들의 서로 다른 시각 같은 것 말입니다.

당선되었을 때부터 꼭 해야 된다고 생각했던 게 학생인권조례 제정입니다. 우리 교육계의 공감대가 그 정도에는 이르렀다고 생각했는데, 제가 생각했던 것보다 훨씬 강한 저항이 있는 거예요. 도의회 교육위원회, 교육과학기술부(현재의 교육부)는 물론이고, 선생님들까지도 그렇게 강하게 반대하는 거예요. 가장 첨예한 이슈로 대두된 게 '체벌이 필요한가'였습니다. 교사들 반응이 만만치 않구나, 이미 체내화 되어 있는 교사들이 적지 않다고 생각했습니다. 그래서 왜 이렇게 교사들에게 체벌이 깊게 스며들어 있을까? 그 이유가 궁금했습니다.

정혜신(이하 정) 여러 가지가 있을 것 같아요. 사람에게 참 함부로 하고 폭력적인 우리 문화 속에서, 이런 사회 구조 속에서 자라온 우리 성인들의 인권 감수성에 대한 문제, 아이들 인권에 대한 심리적인 토대가 없는 것에 대한 인식 같은 것은 다른 분들의 의견과 다를 것 같지는 않고요.

사람의 마음을 다루는 사람으로서 한번 보도록 하죠. 교사들에게 "애들을 때리지 마, 때리는 사람은 나쁜 사람이야"라고 선명한 기치를 들고 나오는 사람이 있으면, 순식간에 교사들 자신이 나쁜 사람으로 몰리는 느낌을 받을 수 있을 거 같아요. 괜히 가만히 있다가 비난당하는 것 같은 느낌 같은 거요. 그러면 자기 자신을 보호하기 위해서라도 저항하는 마음이 생길 수도 있구요.

김 보호하기 위한 저항이라, 그런 쪽으로는 생각해 보지 못했네요.

정 체벌이 불가피하다고 여기는 교사들이 모두 인권에 대해서 무지하거나 폭력적인 성향을 가지고 있어서는 아닐 거라고 생각합니다. 교사들의 속마음을 들어 보면 자신들은 사방에서 공격받고 살아간다고 느끼는 거 같습니다. 학부모나 학생, 사회 일반으로부터도 늘상 비난받고 위협받는다고 느끼더라구요. 그로 인해 만성적으로 무기력한 상태이지요. 매사 방어적이구요. 체벌 문제도 온통 교사가 공격받을 수밖에 없는 상황이니까, 이유야 어떻든 견디기 어려울 수 있습니다. 심정적으로는요. 방어하기 위해 변명 또는 저항하지 않을까요? 조금이라도 이해받기 위해서 저항하고 변명하는 건 아닐까요? 저는 그런 관점으로도 깊이 생각해 봐야 한다고 느낍니다. 그게 전부는 아닐지라도요. 교사들이 교육 현장에서 느끼는 엄청난 무력감에 주목하지 않으면 어떤 주제나 사안에 대해서든 합리적인 문제 해결이 어려울 거라 생각합니다.

그런 측면에서도, 학교와 학생들의 여러 문제를 해결하기 위해서는 먼저 교사를 도와야 한다고 생각합니다. 교사의 힘을 빌리지 않고 학교 문제를 해결할 수는 없겠지요. 교사들이 저항하는 심리적 기저를 살펴보면 중요한 실마리 하나쯤은 찾을 수 있을지 모릅니다.

김 교사를 도와야 한다는 박사님 말씀에 충분히 공감합니다. 심리적으로 살펴본다는 것이 보통의 일은 아니겠단 생각에 어깨가 좀 무거워집니다.

제 경험을 말씀드리자면, 일전에 제가 어느 학교를 방문해서 선생님들과 '체벌'에 관해 얘기를 하고 있었는데 남성 교사 한 분이 제 앞에 담배와 라이터를 와르르 쏟아 놨어요. 그리고는 제게 "이것 보십시오" 하는 거예요. 아마도 '교육감님, 이게 학교 현실입니다. 아시나요? 잘 모르시잖아요' 이렇게 말하고 싶었던 것이겠지요. 이렇게 확신처럼 굳어져 있는 분들이 의외로 굉장히 많았습니다.

정 교육감님에게 그 선생님은 자신이 처한 일상적 어려움에 대해서 먼저 이해받고 싶었던 것이 아닐까요? 그런 면도 있었을 것 같아요. 그렇다고 해서 제가 그 선생님의 태도에 동의한다는 뜻은 아닙니다.

우리가 학교 다닐 때나 사회에서 사람에 대한 깊은 성찰, 사람에 대해 주목하거나 존중받는 것에 대해, 인권의 가치에 대해 배우거나 그런 적이 없잖아요.

어떤 주부가 트위터에 "고등학교 1학년인 아이가 학교에 아침밥도 못 먹고 뛰듯이 나가고 밤에 늦게 들어와서 제대로 씻지도 못하고 자다가 나간다. 학교 다닐 때부터 한 인간으로 존중받지 못하고 사니까 노동자가 됐을 때도 자기를 존중하지 않고, 인격을 무너뜨리는 여러 대우에 대해서도 무기력하게 받아들일 수밖에 없는 것 아닌가"라고 쓰셨더라구요. 저는 이 트위터 내용에 공감했어요. 학교에서부터 사람에 대한 존중, 인권의 가치에 주목하는 것을 경험하지 못했잖아요.

저는 그렇게 생각해요. 담배가 뭐 어때서요, 설사 학생 가방에서 마약 한 뭉텅이가 나왔다고 해도, 그것이 체벌을 정당화시킬 수 있나요? 문제가 있다는 것이 아이를 때릴 이유가 되나요? 전혀 별개의 문제지요. 문제를 해결하기 위해서는 다른 해결 방법을 찾아야지요.

권위적으로, 폭력적으로 사람을 통제할 수 있다는 생각, 사람의 마음을 완력으로 바꿔볼 수 있다는 생각은 너무 단순한 거죠. 그 선생님이 교육감님 앞에서 담배와 라이터를 쏟아 놓으며 '내가 당신 주장을 무력화 할 수 있는 확실한 증거를 가져왔어'라고 주장한다면 그건 사람 마음에 대한 무지를 드러내는 것일 뿐이라고 생각합니다.

김 그렇다면 여전히 확고한 그런 교사들과 저는 어떻게 마음을 나눠야 할까요?

정 그 교사의 마음부터 살펴봐야 한다고 생각해요. 어렸을 때부터 체벌이 당연시되는 사회와 학교에서 그 교사가 성장했습니다. 우리에겐 인권이나 자기 존중, 자기 성찰을 경험할 기회가 없었다는 것을 인정해야 한다고 생각합니다. 저는 이 부분이 중요하다고 느껴요. 임용고시에 합격해서 교사 자격증을 가졌을 뿐이지, 아이들의 마음뿐 아니라 자신의 마음을 들여다보고 다스릴 수 있는 준비는 전혀 안 되어 있다는 것을 인정해야만, 비로소 제대로 된 문제 해결이 시작되겠지요.

이건 어떤 교사 한 사람의 문제가 아니예요. 체벌 금지나 학생인권조례 등을 논의하기엔 우리 사회가 여전히 너무 준비가 안 되어 있는 것일 수도 있습니다. 그런 상태에 있는 분들에게 당위적인 요구를 하는 것이 저는 너무 허망한 것 같아요. 요구하더라도 실제 먹히지도 않을 테니까요. 우리한테는 그동안 아무것도 준비된 게 없었다, 교사도 교사로서 준비되지 않았고, 학교장도 학교장으로서 준비되지 않았고, 민주공화국 시민으로서도 준비가 안 되어 있다. 저는 그걸 자각하고 인정해야만 제대로 된 시작이 비로소 가능하다고 봐요.

김 교사가 아이를 상대할 때 "야 영수, 이 자식아!" 하는 것과 "김영수!" 이렇게 부르는 것 중에 교사나 학생 모두 "영수, 이 자식아!"라고 하는 것이 더 친밀감이 느껴진다, 이름만 부르면 사무적인 것처럼 느껴진다고 말씀하시는 분들이 많습니다. 같은 이야기인데, 말도 거칠게 하고 욕도 섞어 가면서 하는 것이 학생들에게 더 인기 있다는 식이지요. 사람은 배운 것을 풀어내잖아요. 그런 측면에서 보면 교사들과 아이들 사이의 이런 관계는 아이들에게 가르치고 아이들이 그것을 풀어낸다는 의미에서 심각하다고 해야겠지요?

정 군사 문화가 끼친 악영향이죠. 우리나라 남자들이 관계를 맺는 가부장적이고 폭력적인 군사 문화가 사람 관계 곳곳에도 깊숙이 배어 있어서요.

김 이런 여러 가지 문제들에 대해 직접적으로 언급하는 것은 문제 해결의 길이 되지 못할 것이라고 생각해서 나름대로 접근하는 방식을 좀 달리해 봤습니다. 교사들에게 여러 가지 기회를 주는 것이지요. 명사 특강도 하고, 연수 과정에서 인권 프로그램도 집어넣고 그러면서 기다리고 있는 중입니다.

정 잘하셨네요. 자기 성찰의 기회가 무엇보다 시급하니까요. 그런데 그런 자기 성찰의 실감이 자신의 삶과 학교 현장에서 더 잘 스며들고 구현되게 하기 위해서 조금 더 적극적인 시도도 필요하지 않을까요? 그러면 더 좋겠어요.

그리고 '내가 (교사) 당신들을 비난하는 게 아니다, 당신의 현장을, 현장의 무력감을 몰라서도 아니다'라는 메시지를 교사들에 잘 전달하시면 좋겠습니다. 교사들의 그런 무기력한 마음을 알아 주고, 끌어안고 그런 감정을 공유하면서 해나가면 무엇을 하든 훨씬 더 수월하실 것도 같구요.

김 교육감이 되고 난 뒤 들여다본 교사들의 내면에 들어 있는 것으로 가장 먼저 눈에 들어온 것은 상처였습니다. 이분들의 상처가 상당히 깊구나. 교사가 되겠다는 꿈을 갖고 교육대, 사범대에

진학하고 몇 년간 어려운 임용고시 준비해 교사가 되었는데, 막상 교사가 되고 보니 자신이 할 수 있는 일이 별로 없다는 것을 깨닫게 되는 거죠.

'나라는 존재가 교육부로 상징되는 국가 권력과 시·도교육청 지방 권력의 통제와 관리의 객체이구나'라고 생각하게 되는 거죠. 집단 내부에서는 근무 평정이라는 것이 옥죄어 오고, 학부모들은 교사의 판단을 기다리지 않고 사사건건 개입하면서 구타까지 하기도 하고 말입니다.

이걸 그대로 두고서는 어떤 정책을 세워도 한 발짝도 앞으로 못 나간다, 교육감이 교육계 전체를 일거에 바꾼다는 건 불가능한 이야기이고 교사가 움직여야 하는데 그들을 위해 무언가를 좀 하자고 생각했습니다.

그래서 60시간 이상 직무 연수에는 반드시 교사 치유 프로그램을 집어넣었고, 교사들에게 "나는 여러분을 믿습니다"라는 무한신뢰의 메시지를 보냈는데, 그것이 괜찮은 방법이었을까요?

정 네. 그런데 60시간 이상의 직무 연수일 때 치유 프로그램을 넣으라는 말씀은 참 인상적이지만, 어찌 보면 그것도 생색내기일 수도 있어요. '우리는 이런 것도 합니다' 하는 뭐 이런 정도로요. 관건은 그것에 대한 진정성과 그에 준하는 정도의 무게를 실제 실을 수 있느냐가 아닐까요. 저는 그 문제에 온 체중을 다 실어야 한다고 생각합니다. 교사들 내면의 갈등과 상처의 크기가 이미 한계를 넘었다고 느끼거든요.

김 이런 너무 따끔한 지적이네요. 아프지만 감사한 말씀입니다. 학부모님들에 대한 말씀도 여쭈어야겠네요. 전라북도 곳곳을 돌아다니다 보면 절반 훨씬 넘는 학부모님들이 "내 아이 때려서라도 가르쳐 주세요"라고 말씀하시는 거예요. 굉장히 놀랐습니다. 학부모님들도 폭력에 대해 너무 너그럽구나 싶었습니다.

정 교사뿐 아니라 학부모도 그렇고, 대부분 사람들이 그렇게 생각하는 것 같아요. 사실 이게 어떤 프로그램이나 캠페인만으로 해결되기 어려울 만큼 광범위하고 뿌리 깊은 문제지요. 근원의 근원까지 파고들어 가서 그 근원을 우리가 함께 성찰할 수 있어야 한다고 생각합니다. 그렇게 아이들을 때려 가면서까지 가게 하려는 곳은 어디냐, 그곳에 가면 사람은 어떻게 살게 되는 것이냐, 끝의 끝까지 함께 생각해 봐야 하는 것 아닐까요?

교육감님 말씀을 듣다 보니 교육감님은 "너희가 인권을 알아?" 그러고, 교사들은 "당신이 현장을 알아?" 이렇게 구호와 구호가 부딪치는구나, 그런 생각도 드네요.

그렇게 해서는 끝이 안 나겠지요. 무엇보다 중요한 것은 어른들이 이렇게 부딪치며 소진하는 과정에서 아이들은 계속 상처를 입고 있다는 것, 그것 아닐까요? 구호나 정책으로 부딪치기보단 한 발짝 더 나가야 하지 않을까요. 그러려면 조금 더 섬세해야 되고, 아주 많은 에너지를 실어야 할 거예요. 왜냐면, 우리 사회의 관습이나 인식과 싸우는 문제이기 때문에 교육 몇 시간 하는 정도로는 당연히 안 될 테니까요.

흔히 우리 사회에서 치유 프로그램 하라고 하면 명상, 다도, 숲길 걷기 이런 정도를 떠올려요. 잠깐 쉬는 거죠. 하지만, 이렇게 해서 근본적으로 바뀌지는 않지요. 비유하자면, 구두 위에서 발가락 긁는 거죠. 치유라는 건 문제의 근원에 대한 직면에서 시작되는 겁니다.

김 이런 어쩐지 시원하지 않더라니, 지금까지 제가 구두 위에서 발가락 긁었나 보네요.

정 그럴 리가요. 저도 교육감님에 대한 말씀을 많이 들었는데, 전투 모드라고 해야 할까요? (웃음) 그렇게 적극적으로 교육 개혁에 앞장서신다고 들었습니다. 그렇지만, 더 근본적으로 접근하셔야 된다고 생각합니다. 현상적 접근, 표피적 접근으로는 절대 해결할 수 없는 문제라고 생각해요.

요즘 '광주 트라우마 센터'에서 5·18 피해자들을 상담하고 있습니다. 피해 당사자 분들도 처음에는 그럽니다. 30년도 더 지난 일을 지금 얘기해서 무슨 소용이 있겠냐구요. 그런데 어떻게 이야기를 하느냐에 따라 결과는 완전히 다릅니다. 본격적인 치유적 대화, 그러니까 심층 심리상담을 하게 되면 30년도 더 지난 일이지만 지금까지 이어지고 있는 사람과 세상에 대한 분노, 공포, 피해의식, 대인기피증 같은 것들이 서서히 줄어들기 시작합니다.

학생 인권에 대한 우리들의 인식도 이에 못지않게 뿌리 깊은 문제라고 생각합니다. 물론 상담을 해야 한다는 건 아니구요. (웃음) 그런 깊은 문제의식에서 나오는 근원적인 해결책이 필요하다는 뜻이지요. 일회적인 프로그램, 몇 차례의 공청회 같은 것은 갑옷을 입고 긁는 거나 마찬가지니까요. 체중을 제대로 싣고 더 본질적으로 접근해야 한다, 구멍 하나라도 깊게 뚫어 놓으면 그 다음으로 나아갈 수 있는 기반이 만들어진다고 저는 생각합니다. 구멍 하나라도 제대로 뚫어 놓으면 제아무리 단단한 벽이라도 언젠가는 무너질 테니까요.

김 옳습니다. 그래야 움직이기 시작하는 거니까요. 그런 점에서 교육감은 철저하게 방향 제시하고 조력하는 역할이지 변화의 주역은 아니라고 봐요. 그 변화를 이끌어 가는 사람은 결국 교사일 수밖에 없겠지요.

2010년 교육계에서 가장 뜨거웠던 이슈가 교원 평가였어요. 당시 교과부는 대다수 국민이 교원 평가를 원한다는 식으로 여론몰이를 했습니다. 전 이런 방식은 부당하다고 생각했습니다.

교원은 관리와 통제의 대상이 아니라 보호와 지원의 대상인데도 교과부의 교원 평가는 교원을 관리와 평가의 대상으로 보고 있었습니다. 그 관점을 바꾸지 않는 이상, 어떤 좋은 정책을 내놓더라도 실패할 수밖에 없다고 생각합니다.

정 네, 동의합니다.

김 시국선언 교사 징계 문제도 그래요. 교사들로 하여금 채찍을 두려워하게 하는 발상 자체가 잘못된 것입니다. 교사들 스스로 움직일 수 있도록 교사에게 권한을 주고 교사를 신뢰해야 합니다.

정 네, 참 가슴 아픈 상황입니다. 예전에는 안정적인 직장이어서 교사가 학교를 떠난다는 것은 큰 병에 걸리지 않는 이상 생각하지도 못하는 일이었던 것 같은데, 요즘 주위에서 보면 학교를 그만두는 교사들이 참 많아진 것 같아요. 견디기 어려운 거죠. 견디기 어려운 구조 속에서 견디기 어렵다는 걸 인정한 사람들은 점점 떠나가고, 병리적인 구조에서 병리적으로 같이 뒤틀린 사람들만 남게 된다면 얼마나 끔찍합니까?

그래서 저는 교육감님 말씀에 동의해요. 교사들에게 도움이 필요합니다. 학부모에게 치이고 아이들에게 들이받히고 위에서는 통제하려고만 드는데, 어떻게 견디겠습니까. 어떤 경우에는 그만두고 나오는 사람이 정상적일 수도 있다는 생각이 드는 거예요. 최소한 교사들을 지지하고 마음을 알아주고 심리적 저지선을 지켜 줘야 견딜 수 있죠. 그런 의미에서 교육감이라는 자리를 교원평가를 막아 주고, 교사를 지원해 주고, 보호해 주는 자리로 보신다는 것은 전라북도의 교사들에게는 큰 의미가 있을 것 같습니다.

김 그래서 교사에게 '내가 이 자리에 앉아 있는 이유가 망가지려고 앉아 있는 것이다, 여러분을 위해서 내가 망가질 테니까 여러분들은 안심하고 학생을 위해서 일하시라' 말을 했습니다. 이런 메시지를 내보내는 게 제 일이라고 생각합니다.

정 망가져 주고 막아 주고.

김 그거죠.

정 근데, 이 사람들을 조금 더 도와줄 수 있는 구체적인 무엇, 전라북도의 교사들이 숨통이 트이고 싹을 틔울 수 있는 무엇인가가 있지 않을까 싶어요.

김 제가 해보니까 교육감에게 주어진 권한이 그리 많지 않아요. 교육부 관료들의 지방 자치, 교육 자치에 대한 인식 수준이 매우 낮고요. 교육부는 교육 문제를 하나부터 열까지 모두 자신들이 통제해야 한다는 생각을 갖고 있는 것 같아요.

정 그래도 맞서 싸우실 거잖아요? (웃음) 의미 있는 구멍 하나라도 제대로 뚫어 놓는 것, 그거 하나만이라도 저는 충분하다고 생각해요.

김 교육감이 되고 보니까 전북 교육, 이것은 손대지 마라, 이 정도는 지킬 수 있더라고요. 뭐, 그래서 고발당하고 하지만, 그건 감당하면 되는 것이고요.

정 그렇겠네요. 그런데 교육감님이 말씀하신 "내 역할에 한계가 있다"는 말은 반은 동의하고 반은 동의할 수 없는 것 같아요. 적절한 비유가 될지 모르겠지만, 역대 대통령들이 임기 마치고 공통적으로 했던 말이 하나 있는데요. "사실 대통령이 할 수 있는 일이 생각보다 많지 않다"라는 말이에요. 듣는 사람 입장에서 저는 막 화가 나더라구요. 대통령 중심제 국가에서 최고 권력을 가졌던 사람이 그 권력으로 할 수 있는 게 없다고 하면 도대체 누가, 어떤 힘으로, 무슨 일을 해야 한다는 겁니까? 그러니까, 교육감님 그런 말씀 하시면 안 됩니다. (웃음)

김 따끔합니다. 잘 받아들이겠습니다. 또 하나 교사들의 상처 중 하나가 교육계 비리입니다. 그게 교사들에게 비애감을 안겨주거든요. 근절이라고까지 말씀드릴 수는 없지만, 이런 점에서 전북은 정말 많이 나아졌다고 자신합니다. 건강을 회복하는 중이라고 할까요.

정 정말 어려운 일, 큰일 하고 계시네요.

김 정 박사님 말씀대로 하자면, 이게 치유를 향한 한 걸음, 작지만 깊이 파고드는 구멍이 되는 셈이겠죠.

이야기를 나누는 동안 문득 정호승 시인의 시구가 떠올랐다.

풀잎에도 상처가 있다.
꽃잎에도 상처가 있다.

그렇다. 풀잎에도, 꽃잎에도 상처가 있다. 지금의 나에게도, 그리고 당신에게도 그럴 것이다.

권위주의와 트라우마, 그 병적인 구조에 대하여

나는 그동안 어느 조직이나 개인이나 정당한 권위를 갖고 있어야 한다고 생각했다. 대학에 있을 때, 가르치는 학생들 앞에서 교수는 권위 있는 발언을 해야 한다고 생각했었다. 그건 학생들에게 자신이 배우는 학습 내용에 대한 확신을 심어 주기 위해서였다. 문제는 그 권위라는 것이 사람을 위한 것이어야 할 텐데, 그 자리에 있는 사람의 탐욕과 명예욕을 채우기 위한 것이라는 데 있다. 일탈된 권위가 하나의 강고한 체계를 형성하면서 권위주의가 조직이나 기관을 관통하는 의식 체계로 작동하고 있다.

'교육감'이라는 자리는 밖에서 예상했던 것보다 훨씬 더 권위주의에 둘러싸인 자리라는 것을, 나는 교육감이 되고 나서야 비로소 깨달았다.

김 실제 교육감이 할 수 있는 일에는 한계가 있는 것과 달리, 교육감이란 자리는 전북 교육계에서는 황제 자리더군요. 그래서 아이들과 교사들이 서 있는 선까지 빨리 내려와야겠다, 교사들에게 친구나 형님 또는 오빠 같은 사람이 되어야겠다고 생각했습니다. 지금은 언제든지 이야기해 볼 수 있는 교육감으로 여겨 주는 교사들이 조금씩이라도 늘어가는 것 같아 다행이라고 생각하고 있습니다.

정 쉽진 않겠네요. 오래된 지역 공동체, 지방 도시는 보수적인 편이잖아요. 전주도 그렇겠죠. 거기서 형님, 오빠 얘기하면 정말 낯설고 불편하기도 하고 그렇겠어요.

김 저는 공동체가 스스로 자기를 세워 가는 능력이 있다고 생각합니다. 오물이 쌓이면 스스로 밀어내는 자정력이라든지, 사람이 편하게 해주면 한없이 나가는 것처럼 보이지만 제어하는 능력을 가지고 있다고 신뢰하기 때문에, 거기에 대해 별로 걱정을 안 했는데요. 그런 생각이 맞았던 것 같아요. 그 정도로 교육감 자리가 흔들림을 당하는 자리는 아니라는 생각이 들더라고요.

정 저는 교육감님 생각에 백번 동의합니다. 그럼에도 전주 하면 양반 동네, 보수적인 곳이라는 생각이 먼저 들어서, 만만치 않으셨겠다 싶어요. 권위주의라는 게 우선 그 당사자부터 병들게 하고, 그 사람과 관계를 맺는 사람까지도 모두 망가뜨리잖아요. 우리 사회의 가장 심각한 정신병리 중 하나가 권위주의라고 저는 생각해요.

노무현 전 대통령의 경우도 개인적으로는 권위주의적인 행태에서 벗어나는 모습을 많이 보여 줬지만, 우리 사회의 조직적, 구조적인 권위주의 문화에는 영향을 미치지 못하고 마치셨잖아요. 그게 그렇게 아쉽더라구요.

김 그렇게 보실 수도 있겠네요. 그래도 노 대통령이 권위를 내려놓고 권위주의를 타파하려고 노력한 것에 대해서는, 역사를 밭으로 비유한다면 밭에 떨어진 작은 씨앗은 되어 있을 거다, 틔우면

나무가 되는 역사 속에 들어가 있다고 생각합니다.

정 리더의 위치에 있는 사람이 한 개인으로 권위주의를 탈피하는 것과 구조적 권위주의를 줄이려고 조직적으로 노력하는 것은 구별해서 봐야 할 문제라고 생각해요. 우리 사회는 구조적인 권위주의를 깨본 경험이 없는 사회 아닐까요? 그래서 한 개인이 탈권위적인 모습을 보여 주는 것만으로는 넘어서기 어려운 문제라고 봐요. 우리 사회의 거의 모든 영역에 깊숙이, 조직적으로 뿌리를 내리고 있는 구조적인 권위주의를 흔들기 위해선 정말로 심층적이고, 치열하고, 조직적으로 접근할 필요가 있겠다 싶어요.

김 권위주의와 관련해서 제 경험을 말씀드리자면 '사람이 변하네'였습니다. 교장선생님들이 먼저 변하는 거예요. 아침에 교문에 서서 아이들이 들어오면 안아 주고 손잡아 주는 교장선생님들이 아주 많아졌어요. 학교에서 가장 권위주의적이라고 생각했던 교장선생님도 이렇게 시대적 변화나 학생들의 변화에 발맞춰 변하시는구나. 박사님의 말씀에 따르자면, 이게 구조화될 수 있는 거다 싶었습니다.

정 그런 구조적인 변화, 흔들어 놓는 계기가 될 수 있다면 너무 다행입니다. 교장선생님들의 모습이 일회적인 것이 되도록 하지 않는 일, 책임이 막중하시네요. 저는 권위주의가 아주 원시적인 형태로 그대로 남아 있는 곳이 우리나라의 교육계라고 생각합니다. 교육이 우리의 현재이기도 하고 미래이기도 한데 정말 가슴이 아픈 일이지요. 우리 사회가 후진성을 보여 주는 근원을 찾아 들어가

다 보면 결국은 건강한 교육의 부재 때문인 경우가 많다고 느껴서요.

김 그만큼 교육 현장에 뿌리 깊은 관행, 왜 해야 하는지 숙고하지도 않고 그저 관리하기 편하니까, 라는 관행이 아주 깊이 뿌리 내리고 있습니다. 전형적인 사례가 지역마다 학생들을 대상으로 군부대로 데려가서 병영 체험을 하는 거예요. 지금 아이들에게 필요한 것은 병영 체험이 아니고 평화 체험입니다. 시대를 잘못 읽는 것이고, 전북에서는 엄격하게 금지하고 있습니다.

정 네, 일제강점기 역사에서 한 발자국도 벗어나지 못하고 있는 거죠.

김 군사 문화, 전쟁 체험들이 의식 속으로 들어가서 그것을 극복하지 못하는 것, 이것이 폭력이 정당화되는 것의 뿌리가 아니겠습니까?

정 어떤 면에서, 우리나라 사람들은 모두 '외상 후 스트레스 증후군' 환자일지도 모릅니다. 우리 부모 세대는 한국전쟁에서 살아남은 생존자 세대이잖아요. 전쟁과 폭력, 죽음을 생생하게 경험하고 내면화한 세대입니다. 교육감님이 말씀하시는 폭력이 정당화되는 우리 문화의 뿌리에 해당하는 거죠. 전쟁과 죽음을 거치면서 받은 집단적 상처가 치유받지 못한 결과죠. 전쟁을 거치면서 평화에 대한 갈망과 그에 대한 토대가 만들어지는 나라는 폭력과 죽음에 대한 집단 경험이 치유된 나라입니다. 치유받지 않은 상처는 칼이 되는데, 우리의 경우가 그렇죠. 치유받지 못한 전쟁 경험이 또 다른 폭력의 씨앗이 되고 있지요.

우리들은 한국전쟁뿐 아니라 민간인 학살도 많이 겪었고, 월남전 참전 경험도 있구요, 군사정권을 거치면서 고문을 받은 사람들도 많고, 광주 학살의 유족과 부상자들도 살아 있습니다. 이게 우리들의 내면의 얼굴을 결정하고 있다고 생각합니다.

저는 최근에 광주 트라우마 센터에서 5·18 피해자 분들을 대상으로 심리 상담을 하는데요. 그분들은 30년 전 그때 그 상황에서 심리적으로 한 발짝도 벗어나지 못하고 여전히 현재진행형으로 고통을 받고 계시지요.

김 매일매일이 고통스럽겠군요.

정 스물한두 살 어느 날, 금남로에 놀러 나갔다가 함께 갔던 친구가 공수부대원의 대검에 찔려 죽자 그날부터 시위대에 참여한 사람, 그러다 잡혀서 고문당하고 징역 살고, 그 후부터는 지금까지 지옥을 사는 중이죠. 그분은 지금도 도청에서 마지막 진압되던 날을 분 단위로 생생하게 기억해요. 꿈을 꾸면 그때 꿈만 꾸고요. 이 날 이후론 그분의 일상은 다 날아갔습니다. 그 상황에서 멈춰 버린 거죠. 그런 경험을 한 사람들이 너무 많습니다.

그런 어마어마한 폭력을 경험한 세대는 폭력에 대한 공포와 두려움도 있지만 동시에 벌레만도 못한 취급을 당했던 자신에 대한 모멸감이 너무나 생생하게 남아 있습니다. 그래서 일상에서 폭력적인 반응을 보이기도 하죠. 예를 들면, 아이가 숙제를 안 해서 잔소리를 했는데 아이가 "TV 좀 보고요" 했다고 끔찍할 만큼의 폭력을 아이에게 행사한 후에 정신이 갑자기 드는 겁니다. '지금 내가 뭘 한 거지?' 하기도 하지요. 피해자가 가해자가 되는 잔인한 악순환이지요.

저희 대학 다닐 때, 학교에 백골단이 늘 있지 않았습니까? 데모가 시작되면 갑자기 백골단 애들이 나타나서 학생들 머리채 잡고 끌고 가고 때리고, 그게 날마다 벌어지는 일이었죠. 그때 그 친구들도 다 깊은 트라우마를 가진 채로 지금 누군가의 아빠나 엄마로 살고 있을 텐데요. 그런 우리의 폭력 경험들이 가해자뿐 아니라 피해자의 내면에도 남아서 여전히 우리 사회의 폭력의 일상화, 내면화로 번져 가고 있다는 거지요.

이런 집단적 트라우마에 대해 우리가 한 번도 치유받지 못했기 때문에 사회가 점점 폭력에 찌들어 병들고 뒤틀려 가지 않을 수 없었던 거지요.

김 조심스럽긴 합니다만, 비슷한 사례가 있을 거라는 생각이 들어서 묻겠습니다. 박사님 하면 쌍용차 사태 때 해고 노동자들을 위해 진행하셨던 '와락 프로젝트'를 떠올릴 수밖에 없습니다. 그때의 선명한 구호가 기억납니다. '해고는 죽음이다.' 그분들이 겪는 트라우마를 조금 들을 수 있을까요?

정 5천여 명의 노동자가 일하던 쌍용차 평택공장에서 어느 날 갑자기 2천6백여 명의 노동자가 해고통지서를 받았고, 해고 이유를 알려 달라는 노동자들을 불법시위자로 몰다가, 마지막에 경찰특공대 병력이 진압에 투입되면서 엄청난 폭력적 진압을 했습니다. 그 후에 노동자와 그 아내 중에 23명이 목숨을 잃었습니다. 3분의 2는 자살로, 3분의 1은 급성심근경색 등 스트레스성 질환으로요. 그중에 한 노동자가 돌연사했더랬는데요. 돌아가시기 전날까지 직장을 구하러 다니다 새벽에 집에 들어와서 잠이 들었고, 아침에 일어나지 못한 거였어요. 고등학생인 아들이 발견했지요. 그런데 고인이 된 해고노동자의 아내는 이미 몇 개월 전에 자살한 상태였어요. 아이가 둘 있었는데 졸지에 고아가 된 거죠. 그 소식을 듣고 쌍용차 해고노동자들을 처음으로 찾아간 건데요. 그 아이들을 통해 가슴 아픈 사실들을 알게 되었습니다.

고인이 된 아이들 아빠는 직장에서 짤리고 난 후에, 다른 데 일자리를 알아봐도 반복적으로 거절당했나 봐요. 빨갱이라구요. 분하고 억울하다 보니 집에서 아이들 엄마를 구타하기 시작했나봐요. 아이들 엄마는 우울증이 생겨서 어느 날 스스로 목숨을 끊었구요. 그런데 비극이 여기서 끝난 게 아니었어요. 사춘기의 아들이 보기에 "아빠가 엄마를 괴롭혀서 엄마가 죽었다"면서 아빠를 원망하고, 심하게 반항했었나 봐요. 그 와중에 아빠가 돌연사를 한 거죠. 아빠가 그렇게 맥없이 죽고 나니까, 이 아이는 자기 때문에 아빠가 죽었다고 생각할 것 아닙니까? 그 아이도 자살 시도를 하기도 했지요. 그런데 또 알게 된 사실이 뭐냐면, 아빠가 엄마를 때린다고 그렇게 아빠에게 맞섰던 아이가 그동안 여동생을 많이 구타해 왔던 거였어요. 그 아이도 자신의 불안, 두려움이나 분노를 그렇게 표출할 수밖에 없었던 거지요. 남매 모두에게 심리적 치유가 시급한 상황이었습니다.

사회 구조적인 문제가 한 인간의 내면을 어떻게 폭력적으로 망가뜨려 가는지, 우리가 깊이 성찰해야 할 문제라고 생각해요.

김 아, 정말 듣는 것만으로도 가슴이 미어집니다. 정 박사님이 말씀하신 폭력의 내면화, 내재화가 뭔지, 지금 이 말씀이 모두 압축해서 보여 주는 것 같습니다.

이런데도 작년 2월에 교과부에서 이른바 '학교폭력 종합대책'이라면서 학생부에 학교폭력 사실을 기재하라고 하더군요. 거기서 끝내지 말고 이 아이가 대학 지원하려고 할 때 입학 전형 자료로 제출하고, 취업할 때도 취업 전형 자료로 제출하라는 겁니다. 박사님께서는 이게 폭력에 대한 적절한 대책이라고 보시나요?

정 전시행정이죠. 우리는 할 만큼 했다는 알리바이를 만들기 위한 것 외에는 아무것도 해결할 수 없는 단선적이고 폭력적인 방법이에요. 폭력이 갖는 심리적 근원을 보지 못하고 강압적으로 누르려고만 해서 해결할 수 있는 것은 아무것도 없거든요. 문제를 해결하는 것이 아니라 문제만 더 키워 가게 될 겁니다.

김 저도 당연히 그렇게 생각합니다. 그래서 저는 "전북교육청에서는 받을 수 없다. 우리는 기재 안 한다"고 했습니다. 그랬더니 작년에 두 번에 걸쳐 굉장히 심하게 특감이 들어오더군요. 정말 '특별한' 감사였습니다.

학교폭력의 문제에 대해 '요즘 아이들 왜 이래?' 이렇게 접근할 건가? 아니면 '누가 우리 아이들 이렇게 만들었나?'로 접근할 건가? 내가 볼 때는 후자로 접근하는 게 맞습니다.

정 어른들이 성찰하고 폭력의 사회 구조적인 부분을 인지하면서 접근하자는 뜻인 것 같아요. 저도 그렇게 생각합니다.

얼마 전에 이런 일이 있었어요. 소방관들이 화재 현장에 출동해서 불을 끄다가 사고로 죽는 일이 많잖아요. 소방방재청에서 대책을 내놓았는데, 요지가 '출동 소방관들의 인명 사고가 나면 같이 출동했던 동료 소방관에게 벌점을 주는' 제도였어요. 동료가 부상을 당하면 같이 출동한 동료 소방관이 벌점을 받는 거지요. 정말 화가 났습니다. 소방관들의 안전을 고민하고 보호해 줘야 할 위치에 있는 사람들이 자기들이 그 책임을 못하면서 어떻게 현장 소방관들에게 서로 그 책임을 묻고 벌을 주고 그러는 건지, 어떻게 그런 발상을 하는 건지 정말 슬프고 분노스럽고 그랬습니다. 모든 문제를 처벌과 통제로만 해결하겠다는 무책임하고 무능력한 태도잖아요. 전형적인 군사 문화적인 발상이구요.

김 사회 곳곳에서 처벌과 통제로 문제를 단순화하고 있네요. 정책의 효과를 단기간에 확인하고 싶어 하고 오로지 효용성의 측면에서만, 숫자로만 사람을 판단하려는 우울한 시대입니다. 실제로 학교폭력 학생부 기재라는 아이디어를 내놓은 지역의 학교폭력 문제가 가장 심한 것으로 나온 것을 보면 결코 단기간의 해결책도 되지 못하고 있다고 생각합니다.

정 당연히 그렇겠지요. 그런 단순 무지한 방식 말고는 우리 사회에 다른 방법론이 유통되지 않는 건가요. 군사 문화적인 발상 얘기를 하다 보니 지금 군 복무 중인 아들 생각이 나는데요. 그 아이가 군 생활을 아주 잘해요. 훈련도 별로 고통스러워하지 않고 하는 것 같구요, 동료들하고도 나름 재미나게 지내는 것 같구요. 그래서 제가 물었어요. 그래도 군대인데 어떻게 괜찮기만 하겠냐고 조금 집요하게 물어봤더니 (웃음) 씩 웃으면서 하는 얘기가 "그렇지. 사실 매일 아침 탈영을 꿈꾸지. 여기는 감옥이나 마찬가지니까" 그러더라구요. 저는 오히려 그 말을 듣고 안심했어요. 군대에 너무 잘 적응한다는 것, 통제·규제·억압이 일상인 조직에 너무 잘 적응한다는 것은 정상적이지 않다고 저는 생각하거든요. 인간이 근본적으로 행복할 수 없는 구조인데 거기서 너무 잘 지낸다, 행복감을 느낀다면 그건 오히려 잘못된 거잖아요.

김 군대 이야기 하시니까, 저도 군대 졸병으로 가서 무지하게 얻어맞았는데 3년 전까지 꿈에 나왔다니까요.

며칠 전에 초등학교 3학년생이 제게 이런 질문을 했어요. "군대 안 갈 수 없어요?" 초등학교 3학년 머릿속에 벌써 그런 걱정이 들어 있는 거죠.

다시 학교 이야기를 좀 하겠습니다. 황창연 신부님 책을 보니까 이런 사례가 나와요. 어떤 엄마에게 고2 딸이 있는데 이 아이가 한 번은 집에 오더니 "학교 안 갈 거야!" 하더래요. 그래서 엄마가 "그렇게 해라, 엄마는 기다릴게" 했더니, 이틀인가 안 나가고 나서는 다시 "엄마! 나 학교 간다"고 그러더래요.

저도 아이들 이야기를 할게요. 결혼을 늦게 해서 어렵게 딸 하나, 아들 하나 있어요. 공부를 지독하게 안 해요. 속에서 불이 나는데, 그렇다고 화풀이할 수는 없잖아요. 몇 번 훈계를 했죠. "네가 한 행위에 대해서 책임은 너한테 있으니까, 만약에 세월이 흘러서 문제가 생기면 그 책임을 엄마하고 아빠한테 넘기면 각오해. 아빠 성질 알지?"라고 압박을 한 거죠.

정 아휴, 정말 나쁘세요. 협박을 한 거잖아요.

김 그러게요. (웃음) 지금 생각하면 그렇게까지 할 필요는 없었는데요. 그래도 제가 솔직하게 이야기를 하면 박사님께서는 "그래도 인내심이 대단하시다" 이런 정도 말씀은 해주실 줄 알았어요.

정 섭섭하세요? (웃음)

김 그럴리가요. (웃음) 박사님과 대화를 하다 보니 제가 잘못한 것이구나, 분명해지네요.

하나 더 고백할 게 있습니다. 교육감 된 지 3년 6개월쯤 되는데, 정말 변화를 못 시킨 게 있어요. 바로 유치원 교육입니다. 우리나라에서는 유치원에서 숫자와 문자 가르치는 것은 기본이고 학습지를 돌려요. 이 문제에 대한 해답을 아직까지 못 찾고 있었는데, 2013년에 처음으로 혁신유치원을 지정했어요. 남원에 참사랑유치원이라는 곳인데, 하는 일은 아주 간단합니다. 아이들이 놀고 싶어할 때, 놀게 하는 것입니다.

정 저는 엄마들 교육이 중요하다고 생각해요. 교육에 대한 엄마들의 기본 인식이 달라지지 않는 한, 정책이나 법안으로 해결할 수 있는 문제가 아니니까요. 엄마들의 불안을 어떻게 다룰 수 있을 것이냐가 중요한 것 같아요. 남들 다 하는데 안 하면 불안하고 견딜 수가 없는 거죠. 공부가 아이에게 필요해서 시킨다기보다 내 불안을 가라앉힐 방편으로 아이에게 무언가를 하고 있게 하는 거죠. 내가 풀어야 할 숙제를 아이들에게 풀게 하고 있는 형국이죠. '내가 이렇게까지 하려는 건 아니었는데' 하면서도 어쩔 수 없이 아이에게 학습을 강요하는 엄마들이 더 많지 않을까요? 엄마들이 가진 불안의 근원을 좀 더 깊게 들어가서 다뤄 줄 수 있어야 합니다. 엄마가 자기 삶을 성찰하게 만들 수 있어야 아이들 교육 문제가 제자리를 찾을 수 있다고 생각합니다.

누구에게나 엄마가 필요하다

김 엄마들이 불안하다, 엄마들을 교육시키고 자기 삶을 성찰하게 만들 계기를 만들어야 한다는 의견에 공감합니다. 인간에게 엄마라는 존재는 절대적인데요. 최근 '엄마성'에 주목하고 계신다는 얘기를 들었습니다.

정 제가 서울시 정신보건사업지원단장을 맡고 있는데 서울 시민 전체를 대상으로 하는 치유 프로젝트를 시작했습니다. 치유 프로젝트 이름이 '누구에게나 엄마가 필요하다'입니다. 사람은 어떤 경우에도 나를 있는 그대로 받아 주고 인정해 주고 비난하지 않고 믿어 주는 존재가 한 명은 있어야 살 수가 있습니다. 그런 존재를 '엄마성을 지닌 존재'라고 할 수 있는 거죠. 그런 사람이 둘도 필요 없구요, 딱 한 명만 있으면 어떤 어려움이 있어도 사람이 버티고 자기를 잃어 버리지 않지요. 그런 의미에서 '누구에게나 엄마가 필요하다'고 한 거예요. 그 엄마가 꼭 생물학적 엄마일 필요는 없습니다.

자기 상처를 직면하고 치유를 경험한 사람이 그 과정을 거쳐 최

고의 치유자가 됩니다. 사람의 마음을 움직이는 '치유'라는 것은 공부를 해서 도달할 순 없는 것이거든요. 자신이 치유받은 경험이 근원적인 토대가 됩니다. 그래서 '누구에게나 엄마가 필요하다'라는 치유 프로그램도 전문가가 비전문가를 치료하는 수직적인 구조가 아니라 치유를 경험한 사람이 또 다른 사람을 만나 치유를 릴레이하는 수평적인 방식으로 전개됩니다.

이 치유 프로그램을 경험한 사람 중 누군가는 이 과정을 마술 같다고 합니다. 그런데 교육감님이 말씀하신 것처럼 '사람이 변하느냐?'고 제게 묻는다면, 사람의 '기질'은 변하지 않는다고 말씀드릴 수 있어요. 기질이란 변해서도 안 되고 변할 필요도 없어요. 그렇지만 자기 성찰을 하고 점차 성숙해진다는 것은 자기와 자기 모순에 대한 깊은 이해를 바탕으로 상대에 대한 포용, 자기 자신에 대해서도 너그러워지는 것이지요. 사람이 근본적으로 달라지지 않더라도 성숙이 깊어지면 많은 부분이 달라질 수 있습니다. 성찰과 성숙을 위한 과정이지요.

'누구에게나 엄마가 필요하다'의 청소년 버전도 준비하고 있는데요. 방송인 김제동 씨가 진행에 참여할 예정입니다.

김 학교 현장에 대해서도 준비하신다고 하니, 더욱 관심을 갖고 지켜보겠습니다. 모쪼록 좋은 선례를 남기셔서 그 에너지를 저희도 받을 수 있게 되기를 기대합니다.

그러고 보니 열흘 전쯤에 미리 정 박사가 보내 준 190개가 넘는 문항들로 이루어진 문답지를 받았고, 나름 긴장도 하면서 꽤나 정성 들여 답을 작성했었다. 그리고 그 며칠 후, 내가 보낸 답지를 분석한 〈내마음보고서〉를 받아보게 되었다.

〈내마음보고서〉는 111쪽이나 됐다. 나 스스로 지금까지 살아오면서, 나 자신에 대해 이만한 분량만큼 설명된 적이 있었던가. 한 자도 빼놓지 않고 한달음에 읽어 내려갔다. 페이지를 넘기는 손에 땀이 배는 느낌마저 들었다.

다행스럽게도 비정상에 해당하는 심리 상태는 없는 것으로 요약되어 있는 것이 눈에 띄었다. 한결 가뿐한 마음으로 페이지를 넘겼다.

김 보내 주신 〈내마음보고서〉를 읽어 보았습니다. 스트레스 지수는 괜찮네, 어떤 경우는 다 들켜 버렸네, 하는 느낌이 있었습니다. '목표를 세우고 옳다고 생각하면 이르는 절차를 가볍게 볼 수 있다'라거나 '좋아하는 사람은 굉장히 아주 광적으로 좋아하는 반면 너는 안 돼, 라는 비토 세력이 강하게 있다' 등 정확히 기록이 되

내가 누구인지 알려주는 〈내마음보고서〉.

어 있더라고요. 그런데 사실 비토 그룹은 어쩔 수 없는 것 아닌가요?

정 그럴 수도 있지요. (웃음) 다만, 교육감님의 뚜렷한 어떤 한 특성의 빛과 그림자에 대해 함께 생각해 보실 수 있는 기회가 되면 좋겠어요. 장점인 줄 알았는데 그것의 다른 점이 있는 걸 발견하게 되거나, 단점인 줄 알았는데 그것이 다가 아니었구나, 하는 느낌을 갖게 된다면 일상에서 생기는 불필요한 에너지 소모가 많이 줄어들 수 있습니다.

김 네, 그런 것 같아요. 불필요하게 신경 쓰다가 에너지만 고갈되어 버리겠지요.

정 그렇죠. 우린 일상에서 불필요한 심리적인 에너지 소모가 상당히 많은데 그걸 막을 수 있거든요. 훨씬 홀가분해지는 거죠. 깨달음을 정신 분석에서 'Aha! experience'라고도 하는데요. 예전에 일어났던 어떤 일이 '아하! 그래서 그랬던 거구나' 하고 이해할 수 있으면 자신의 행동에 대한 설명력도 생기고 훨씬 편안해지지요. 이런 점 때문에 '앞으로도 이럴 수도 있겠구나' 하는 약간의 예측도 가능해지구요.

김 리포트를 읽고 나서 마음에 자리 잡고 있는 게 '나 괜찮은 사람이야' 하는 안도감이었습니다. (웃음)

정 중요한 얘깁니다. 교육감님은 스스로 그렇게 생각하지 않

았던 적이 많았던 모양이에요. (웃음)

김 워낙에 사람들이 모든 게 두드러진다, 저걸 어떻게 하나, 저거 어려울 텐데, 그런데 돌파를 해나가니까. 사람이 잘한다 잘한다, 하는 것이 좋은 것만은 아니잖아요. 뭔가 있지 않을까, 라고 생각하고 있었는데, 굳이 걱정할 필요 없겠다 싶었습니다. 저는 굉장히 좋아요. 그때부터 많이 웃고 있어요.

정 그런 느낌이 드셨다면 참 좋네요. 의미 있는 사건이라 생각해요.

김 교육감 하면서 3년 6개월이 지났어요. 교육감 하기 전에는 이런 생각 안 했는데, 세월이 간다는 게 얼마나 고마운 것이냐, 라는 생각이 들어요. 4년짜리 숙제를 해야 하는데, 숙제가 끝나 간다는 것 때문인 것 같아요. 나름대로는 임기를 채워 가고 있는 듯한데, 고언 한 말씀 부탁드려도 될까요?

정 교육감님과 이야기하면서 느낀 건 심지 있게 본인이 가진 철학을 온몸으로 돌파하시는 분이라는 겁니다. 나름의 성과가 분명히 있을 거라고 생각합니다. 좀 전에 교육감이 할 수 있는 일이 많지 않다고 하신 말씀은 교육감이라는 자리가 지시하고 명령하기보다는 지원하고 도와주는 일이라는 의미로 이해했어요.

누군가를 돕는 사람에게도 돕는 시스템이 필요하다, 그렇게 뒤에서 많은 이들을 도와주는 교육감님에게도 '엄마'가 필요하다는 걸 인정하시고, 개인적으로 어떤 형태로든지 도움도 많이 받으실 수 있길 바랍니다. '나도 심리적인 도움이 필요한 사람일 수 있다'는 걸 잊지 않으셔야 정말 따스한 행정, 정말 인간적인 정책들이 가능하다고 저는 생각하거든요. 자기와의 연결 고리가 끊어진 사람으로부터 나오는 모든 생각과 실천은 현실과 괴리가 생길 수밖에 없다고 생각합니다.

김 저도 제 상처를 많이 봅니다. 상처를 안 입을 수는 없는 것 아니겠습니까?

정 그 상처들, 어떻게 풀어 가세요?

김 학교에 가면 아이들 만나잖아요. 그런데 아이들을 안아 줘요. 상당히 풀리더라고요. 아이들이 그렇게 맑아요. 맑은 아이들을 바라만 보아도 그냥 좋더라구요.

정 그러시군요. 스트레스를 푸는 가장 좋은 방법은 등산이나 골프, 뭐 이런 것들보다 '사람과의 교감' 안에서 푸는 것이 훨씬 더 편안하고 본질적인 해소책일 수 있거든요. 아이들을 직접 만나면서 풀어 낸다는 것은 분명히 말이 되는 얘기죠. (웃음)

김 교육감 되고 나서 1년 정도는 내가 아이들을 도와주고 있다고 생각했는데, 1년 지나면서 아이들이 저를 도와주고 있다는 걸 느꼈어요. 다른 사람의 상처를 들여다보다가 정작 박사님께서 받는 스트레스도 이만저만이 아니실 텐데, 박사님께서는 어떻게 대처하시는지 물어봐도 되겠습니까?

정 국가폭력의 피해자, 고문 피해자나 쌍용차 해고자 분들처럼 자살 충동이 심한 사람들과 상담을 하는 경우가 많으니까 주변에서 그런 걱정들을 많이 하세요. 그런데 사실 저는 그닥 힘들지 않습니다, 진심으로요. 극한의 고통에 처한 사람과 상담을 하면 깊이 집중해야 되잖아요. 감정적으로 거의 한 몸처럼 교감해서 듣다 보면 저도 줄줄 울게 되는 경우가 많거든요. 그러면서 함께 분노하고 고통스러워하고 그러게 되는데 그렇게 교감을 하다 보면, 끝날 때쯤은 제 머리가 새털처럼 맑아지고 가벼워지는 경험을 항상 해요. 그것이 고통이나 슬픔이든 억울함이든 아니면 기쁨이든, 깊은 교감은 그 자체로 사람의 정신을 자유롭게 하는 것 같아요. 맑게 해주고요. 저는 항상 그렇게 느끼거든요. 교육감님이 아이 안는 것도 비슷하다고 보이네요.

결국 그것이 참을 수 없는 수준의 고통이라 하더라도 한 인간과 깊은 교감을 나누면 그 자체로 어마어마한 희열과 충전을 받는 것 같아요. 그래서 끔찍한 현장에서 상처받은 분들과의 교감이 끝나면 오히려 더 맑아지는 경험을 많이 하죠. 슬프고 아프지만 동시에 가볍고 자유로워진다고 할까요.

김 아이들을 볼 때마다 느끼는 마음이 '나 진짜 행복해' 하는 것입니다.

정 그럴 것 같아요. 저도 그분들하고 그랬어요. 분노 범벅이지만 또 다른 측면에서 정화와 충전이 되었죠. 저로서는 오히려 감사한 경험입니다.

김 어렵고 바쁘신 시간 쪼개어 내주신 것에 감사드립니다. 저 자신의 내면뿐만 아니라 다른 모든 분들의 내면, 사회 전체의 내면도 지속적으로 짚어 보아야겠구나, 생각할 수 있는 자리였습니다. 저한테는 천금보다 귀한 시간이었습니다.

처음 만났을 때 정 박사는 이 공간의 치유적인 공기에 대해서 언급했었다. 대화 내내 나는 도대체 이 공간의 어떤 구조가 치유적인지 알 수 없었다. 띄엄띄엄 두리번거리는 내 모습을 보며 정 박사는 속으로 촌스럽다고 웃음을 머금었을지도 모를 일이다. 정 박사와의 대화가 끝날 즈음이 되어서야 치유적 공기의 핵심은 그 안에 있는 사람이었고, 그 사람과의 대화였다는 것을 깨닫게 되었다. 이래저래 아둔하다.

의도하였는지는 몰라도 따뜻한 브라운 계열의 가벼운 재킷에 촘촘한 무늬가 눈에 들어왔다. 수없는 빈틈으로 이루어졌으나 오히려 빈틈없는 심리의 그물들을, 군데군데 하얗게 물들인 청바지는 사고의 자유로운 푸름을 보여 주는 듯했다.

물리적으로 함께한 시간은 짧았지만, 심리적으로는 만족스러울 정도로 풍요로운 시간이었고, 나와 나를 둘러싼 사회에 대해 좀 더 깊이 들여다볼 수 있는 성찰의 시간이었다.

무엇이 강한가, 무엇이 약한가에 대한 셈을 하지 않고, 있는 그대로의 나를 드러낼 수 있었다. 제 길을 찾아 흘러야 할 물을 흘려보낸 느낌이었다.

체벌 문제, 학교폭력사실 학생부 기재 문제, 학생들에 대한 병영체험훈련 문제 등 그 어떤 사안이든 항상 나 자신이 그 속에 서 있었다. 그 속에서 교육감인 나에게도 상처가 생길 수밖에 없다. 양적으로도 많고, 질적으로도 깊다. 누군가 진지하게 다가와서 그 상처를 어루만져 준 적도 없다. 나는 그 상처를 아이들을 만나는 것으로 해소한다. 아이들을 만나는 순간, 믿어지지 않을 정도로 상처가 씻겨 나가는 느낌을 받는다. 때로는 아이들을 안아 주면서 소리 없이 마음속으로 울기도 한다. 아이들에게는 상상할 수 없을 정도의 치유력이 있다고 나는 믿는다.

정 박사는 그런 나의 치유방식에 선뜻 동의해 주셨다.

정 박사와 헤어지고 난 후 내려오는 길 위로 때마침 미세먼지를 가라앉히는 단비가 뿌려졌다. 이어폰을 꽂고 이소라의 〈바람이 분다〉를 들었다.

> …하늘이 젖는다 어두운 거리에 찬 빗방울이 떨어진다.
>
> 무리를 지으며 따라오는 비는 내게서 먼 것 같아 이미 그친 것 같아…

기차 대신 고속도로를 하행으로 선택한 덕에 성근 비의 정취를 품는다.

정안 휴게소에서 붐비는 와중에 눈에 잘 띠지도 않는 체구의 나를 알아봐 주신 학부모들께 감사하다. 그분들 역시 나를 치유해 주고 계셨다.

가장 실용적인 해결책

덴마크에서 실업자 문제 해결을 위한 핵심 정책은 심층 상담이랍니다. 공공고용센터에 수백 명의 상담원이 상주하면서 실업자의 과거 경력, 가정환경, 건강, 개인적 고민까지 들어 주는 덴마크의 실업자 정책을, 토건 사업 위주의 일자리 창출과 속도를 우선시하는 우리 현실의 관점으로 살펴보면 한가하다 못해 한심해 보일 수도 있습니다.

하지만 실업자의 마음속 얘기에 귀 기울이는 심층 상담이 장기적으론 실업을 더 줄일 수 있는 가장 실용적인 정책이란 사실은 흥미롭습니다. 실제로 덴마크는 이런 종류의 실업자 정책으로 실업률이, 유럽 연합 15개 국가의 절반 정도에 불과한 것으로 알려져 있습니다. 언제나, 인간에게 마음이 있다는 사실을 인식하고 그것을 헤아리는 모든 행위는 가장 근본적인 동시에 가장 구체적이고 실용적입니다.

'떡 5개와 물고기 2마리로 5천 명을 먹였다'는 '오병이어'의 기적을 눈앞에서 보여 줘야 절대자의 존재를 믿는 것처럼 '마음의 흐름'도 볼 수 있고 계량할 수 있는 것이라야 믿을 수 있다면 삶에서 불필요한 에너지 소모가 극심해질 수밖에 없다고, 저는 믿습니다.

_정혜신·이명수, 《홀가분》 中에서

정혜신 정신과 전문의는 마인드프리즘 대표이다. 서울시 정신보건사업지원단장을 맡고 있다. 저서로 《당신으로 충분하다》, 《남자 VS 남자》, 《삼색공감》 등이 있다.

내마음
보고서

06

전라북도교육감 김승환이
시인 안도현에게
"교육"에 대하여
듣기를 청하였더니,

안도현이 "경청"이라고 답하다

서해(西海)의 만월(滿月) 속으로 스며들다

–시를 그리듯, 그림을 짓듯 그렇게…

시인과는 부안 격포항에서 만나기로 했다. 마지막 듣기여행을 시인에게 청한 것이다. 시인은 늘 그랬던 것처럼 나의 청에 쾌히 승낙했다.

목적지는 위도였다. 그런데 좀처럼 시인의 모습이 나타나지 않았다. 승선을 재촉하는 뱃고동 소리가 울리고 있었다. 먼저 배에 올랐다. 끝까지 오지 않으면 어쩌나, 오늘은 혼자 바다를 건너야 하나, 잠시 불안했다. 흔들리는 나의 눈동자와 달리, 무심한 파도는 뱃전을 때리고 물러나기를 반복했다.

최근 몇 년 사이 시국은 매우 어수선해지고 권력자들의 사고방식은 매우 경직되어 가고 있는 게 사실이다. 민주주의의 생명은 가치관, 이데올로기, 인생관 등 다양성을 존중하는 것인데, 다양성을 존중하는 풍토가 조성되는 것이 아니라 도리어 다양성을 파괴하는 사태들이 일상화되어 가고 있다.

서양에서는 매우 오래전부터 '누구든지 생각한다는 것을 이유로 처형될 수는 없다(Fürs Denken kann niemand henken)'는 법 격언이 통용되고 있고, 그것이 서양 세계의 지적·사상적 성숙을 가져오고 있다. 그러나 우리의 경우, 다른 생각하지 마라, 다른 행동하지 마라, 다친다, 털면 나오게 되어 있다, 털어도 나오지 않으면 소설 써서 찍어낸다, 라는 공포 분위기가 퍼지고 있다.

시인도 이러한 시대의 음습한 분위기에서 결코 유쾌하지 못한 나날을 보내고 있다. 2012년 대통령 선거 때 자신의 트위터에 올린 글이 문제가 되어 검찰의 조사를 받은 후 기소되었고, 졸지에 시인이 피고인으로 되어 버렸다.

2013년 10월 28일 11시, 시인이 법정에 섰다. 교육감직을 수행하면서 나도 몇 번 섰던 그 법원이었다. 나를 옭아맨 죄목은 여러 건이었다. 그중에서 금고 이상의 실형 판결을 받으면, 그 즉시 직무가 정지되는 직무유기 건도 있었다. MB 정부 시절 시국선언을 한 교사들의 징계 집행을 대법원 판결 시까지 유보했다는 내용으로 교과부가 검찰에 고발한 것이었다. 치열한 법정 다툼이 있었다. 나에게는 무죄 판결이 내려졌다. 이 사건은 검찰의 상고로 현재 대법원에 계류 중이다.

시인의 얼굴을 보기 위해 나는 다시 법정으로 향했다. 아픈 시절을 의연하게 살아가고 있는 시인이 시대의 양심으로 그곳에 서 있었다. 시인은 늘 그랬던 것처럼, 여전히 맑은 눈빛을 하고 있었다. 재판은 피고인이 된 시인의 신청에 따라 국민참여재판의 형식으로 진행되었다. 시인에 대해서 배심원 전원이 무죄 평결을 했지만, 담당 재판부는 피고인의 유죄를 인정하고 선고유예 판결을 내렸다.

그로부터 한 달이 됐다. 출항 시간 1분 전, 까맣게 타들어 가는 내 마음과 달리 코트를 손에 걸치고 얼굴 가득 여유로운 미소를 지으며 배 안으로 걸어오는 시인 안도현의 모습이 보였다. 두 팔 벌려 반갑게 맞았다.

선실 안은 붐볐다. 그동안 궂은 날씨로 며칠째 배가 항해하지 못하고 선착장에 묶였던 탓이다. 기상 예보로 치면 오늘 아침 배도 출항을 장담할 수 없었다. 그러나 우리의 우려와 달리, 창밖으로 펼쳐진 하늘은 구름 한 점 없었고 바람도 잔잔했다. 그야말로 쾌청한 날씨였다. 출렁이는 배 안에서 우리의 대화는 망설임 없이 시작됐다.

스며들다

김승환(이하 김) 외국의 정치 지도자들을 보면, 원고 없이 자기 말들을 하죠. 그런데 그것을 그대로 종이에 옮기면 별로 손댈 필요 없는 한 편의 좋은 글이 됩니다. 그 바탕은 어릴 때부터 읽고 쓰는 훈련이 몸에 배어 있기 때문이지 않겠는가, 하는 생각을 해요. 반면 우리나라의 지도자들은 원고 없이는 그걸 잘 못하지 않습니까?

안도현(이하 안) 네, 그렇죠. 학교 현장만 해도 그렇습니다. 옛날 애국 조회할 때 교장선생님들 훈화 말씀을 많이 하지 않았습니까. 학생들 입장에서 얼마나 괴로웠습니까. 그 말씀 뒤에는 어떤 국어 선생님의 희생이 있었죠. 자기 업무도 아닌데 교장선생님 훈화 말씀을 써줘야 했거든요. (웃음)

김 옛날에는 그런 일이 많이 있었다고 하더라고요. 교사가 교장 훈화 말씀을 대신 써주는 일 말입니다.

안 많이 있는 게 아니고 거의 100%였어요. 지금도 있어요.

김 지금도 그래요?

안 제가 초임 발령을 받은 학교에서는 처음에 부임하자마자 그걸 쓰라고 하더라구요. 훈화 말씀만 쓰라고 하는 게 아니었어요. 축사, 격려사 등 공식적으로 나가는 온갖 말, 글을 쓰라고 하더군요. 저는 딱 한 번 쓰고는 끝냈습니다.

김 　딱 한 번으로 끝났어요? 아무런 압박도 안 받고?

안 　네. 젊었지만 명색이 시인이었잖아요. 버텼지요. (웃음) 사실 최근의 학교를 보면 책이 많습니다. 독서 교육을 강조하는 단체나 집단들도 많고, 추천 도서나 권장 도서도 많이 만들어 놓고 있지요. 아이들한테 독서 교육의 중요성, 읽기의 중요성은 이미 어느 단계에 올라섰다고 봅니다. 그런데 여기에서 한 가지 더 충족시켰으면 하는 것이 바로 '쓰기 교육'입니다. 학교에서 지식을 배우고 나이를 먹어 가며 지혜나 깨달음을 얻기 마련인데, 저는 그런 지식이 쓰기와 수반되지 않으면 완성되지 않는다고 생각해요. 내가 알고 있는 지식은 쓰기를 통해 완성된다, 이렇게 믿는 사람이거든요.

김 　쓰기가 공부의 완료여야 한다, 이 말씀이군요.

안 　아직까지도 우리 사회는 쓰기라고 하면 전문적인 시인이나 소설가들만 쓰는 것으로 인식이 되어 있죠. 그런데 여기에서 쓰기라는 것은 시나 소설처럼 문학 작품만 말하는 게 아니구요, 인간이라면 누구나 자기를 표현하는 기본적인 메시지나 생각을 제대로 쓰는 것을 말하는 겁니다. 제가 처음 교육감님을 알게 된 게 신문의 칼럼을 통해서였습니다. 칼럼을 읽으면서 아, 이분은 대학에서 그냥 헌법 강의만 하는 분이 아니구나, 우리가 알기 쉽게 칼럼이란 형식으로 글을 잘 쓰시는 분이구나, 그렇게 해서 처음에 교육감님 이름을 알게 되었거든요. 저는 많이 알고 있는 사람일수록 잘 써야 된다고 생각해요.

이제야 안도현 시인이 나를 알게 된 계기를 알게 되었다. 평소에 참 궁금하게 생각했었다. 대학 교수 시절 특별한 교제가 없었는데도 지난 선거 때 대변인과 홍보위원장을 맡아 달라는 나의 부탁을 아무런 단서도 없이 쾌히 받아줬었다. 그 궁금증이 오늘에서야 풀렸다. 사람은 글과 글을 통해서도 교제를 하는 것이구나!

나 또한 그랬다. 안도현이라는 이름을 맨 처음 알게 된 것이 1984년이었다. 어느 날 아침 하숙집 방에서 《동아일보》를 한 면 한 면 넘기고 있는데, 신춘문예 당선작들이 실려 있었다. 시 부문의 제목이 매우 선명하게 눈에 들어왔다. 〈서울로 가는 전봉준〉이었다. 시인의 이름은 안도현. 약관의 대학생이 메이저 신문의 신춘문예 작품 공모에서 당선의 영예를 안은 것이다. 그 후에도 안도현의 시와 글들은 종종 나의 시선을 붙잡았다.

김 교육감이 되고 나서 가장 긴 여운이 남는 책이 바로 《연어 이야기》였습니다. 어느 날 그 책에서 나온 단어를 제가 쓰고 있어서 깜짝 놀라기도 했었는데요. 그 말은 '스며들다'였습니다. 안 시인님의 언어에 제가 지배당한 것이지요. (웃음)

안 아, 그렇습니까. (웃음) 자신의 언어를 갖는 것은 중요합니다. 저는 중·고등학생을 대상으로 특강을 하게 되면 아이들한테 '카톡 보낼 때라도 남들하고 다르게 써보자'라고 권합니다. 문자질이라고 하죠, 문자 메시지를 보낼 때도 조금이라도 다르게 써보자, 그게 문장 연습이거든요.

김 2011년도에 인터넷을 아주 뜨겁게 달궜던 한 초등학교 2

학년 어린이의 시 내용이 이렇게 되어 있어요. "엄마가 있어서 좋다. 나를 예뻐해 주서서. 냉장고가 있어서 좋다. 나에게 먹을 것을 주어서. 강아지가 있어서 좋다. 나랑 놀아 주어서. 아빠는 왜 있는지 모르겠다." (함께 웃음)

초등학교 1, 2, 3학년 아이들이 시를 쓰는 걸 보면 훈련받아서 쓰는 게 아니고 시적 감수성이 그 안에 숨어 있다는 느낌이 들어요. 이게 교육을 통해서 더 나은 방향으로 깨어나야 하는 거잖아요. 그런데 안타깝게도 우리 교육이 아이들의 감수성을 오히려 죽이고 있다는 생각이 들 때가 있습니다.

안 동감입니다. 초등학교 1, 2학년들은 시를 잘 씁니다. 그런데 5, 6학년들은 못 씁니다. 교육을 받은 만큼 못 쓰는 거예요. 제가 중·고등학교 근무할 때의 경험인데, 1학년 애들은 풋풋하게 잘 써요. 그 아이들이 3학년쯤 되면 늘 읽었던 것에 자기 생각을 기계적으로 집어넣게 되죠. 그러다 보니 그 싱싱했던 시심이 시들어 가는 겁니다. 이건 참 연구해 봐야 돼요. 왜 공부를 하면 할수록, 학교를 많이 다닐수록, 글은 못 쓰는가.

전라북도 교육을 책임지고 계시니까 기회가 되신다면, 쓰기 교육을 강화시키는 구상을 해보았으면 좋겠어요. 물론 이렇게 하면 학교에 계신 선생님들은 "나도 쓸 줄 모르는데 아이들한테 어떻게 가르칩니까" 할 수도 있겠지만, 잘 쓰는 선생님이 쓰기를 잘 가르칠 수 있는 것은 아니거든요. 시인이라고 해서 시를 잘 가르칠 수 있는 게 아니라 좋은 교사가 잘 가르치거든요.

덧붙여 이야기하자면, 교과서를 공부하는 걸 우리는 '읽기'로만 알고 있거든요. 읽고 이해해서 외우고, 그래서 시험에 잘 적용하고.

앞으로는 국어 교육이든 문학 교육이든 혹은 다른 교과든 학생들이 읽은 것을 쓰기를 통해서 정리하고, 다시 말하기를 통해서 자연스러워지게 만드는 방법들을 많이 고민하고 그 방법론을 만들어 냈으면 좋겠어요.

김 제가 대학에 있을 때 논술 교육이 궁금했습니다. 언젠가는 전북대학교 교육대학원에서 방학 동안 교사들을 대상으로 집중 강의를 할 기회가 있었어요. 그런데 그때 느낌이 아, 철저하게 스킬에 치우쳐 있구나, 라는 거였습니다. 커리큘럼도 그렇고요. 선생님들도 끊임없이 자기 생각을 쓰는 것에 주력해야 하는데, 어떻게 하면 점수를 잘 받게 할 것인가에만 열중하고 있는 거예요. 기초 학력이라는 용어를 전 세계적으로 쓰고 있지요. 그런데 여기에서 기

초 학력이란 읽기·쓰기·말하기·듣기 아닙니까? 우리는 지금 읽는 것에만 치중하고 있다, 쓰는 것 자체가 문제다, 라는 생각을 합니다. 그래서 저도 많은 고민을 해오고 있습니다.

선실 밖으로 나왔다. 맵싸한 바닷바람에 머리카락이 마구 흩날렸다. 갈매기 두어 마리가 앞으로 나아가는 배를 줄기차게 뒤쫓아 온다.

안도현 시인의 어른들을 위한 동화 《연어 이야기》는 모천을 떠난 연어가 강을 지나 넓고 깊은 바다로 나가기까지의 과정을 그렸다. 자연의 강물 틈에서 태어난 어린 연어 '나'는 바다로 향하는 도중에 '너'를 만난다. '너'는 인간이 만든 연어 사육장에서 태어난 수컷 연어였다.

'너'는 연어 사육장을 학교라 불렀고 감옥이라고 했다. "인공수정 이후 사람들에 의해 부화된 연어는 똑같은 시간에 잠을 깨고, 똑같은 시간에 먹이를 먹고, 똑같은 시간에 목욕을 하고, 똑같은 시간에 약을 먹고, 똑같은 시간에 공부를 하고, 똑같은 시간에 잠을 잔다"며 "학교에 다니는 친구들은 다들 똑똑하겠구나?"라는 어린 연어의 질문에 그는 "처음엔 누구나 똑똑하지. 그런데 공부를 하면 할수록 똑똑한 애들이 줄어드는 게 문제야"라고 대꾸한다.

자유를 얻기 위해 강을 거슬러 바다로 나아가는 수컷 연어가 나는 무척 인상적이었다. 비록 사육장에서 나온 연어지만 자신의 본래 모습을 찾아 바다로 헤엄쳐 가는 그 모습이 좋았다. 생명체의 특성은 가만히 놔둬도 자기가 살길을 찾아나가고 자기 존재 양식을 만들어 간다는 것이다. 우리 아이들도 생명체라는 점에서 자연의 식물이나 동물과 같지 않을까.

문득 시선을 들어 창공을 바라보니 두 마리였던 갈매기가 어느새 무리를 이루고 있었다. 넓고 푸른 바다 위에서 자유롭게 날갯짓하는 갈매기의 유영이 눈부셨다.

자세히 보아라

위도초등학교는 지난 교육감 선거 때 '교육혁명대장정'이라는 이름으로 전북의 14개 시·군을 순회하기로 계획을 세운 후 처음으로 방문한 곳이다. 낮은 곳, 약한 곳, 소외된 곳을 먼저 살펴본다는 나 자신의 철학에 따른 것이었다.

그 당시 위도를 방문한 나에게 어린 학생들이 이렇게 부탁했다. "당선되면 다시 와주세요"라고. 나는 당선되었고, 학생들과의 약속을 지키기 위해 당선자 신분으로 다시 위도를 방문하였다. 그때 나는 직원들에게 몇 가지 주문한 것이 있다. 부안교육청에서는 누구도 나오지 말 것, 그리고 위도의 초등학교와 중·고등학교에는 방문을 환영하는 플래카드를 걸지 말 것 등이었다. 2010년 교육감 취임식에는 위도초등학교 어린이들을 초대하였고, 취임 후 다시 한 번 위도를 방문하였다. 그러니까 이번 여행이 네 번째 방문인 셈이다.

학교는 2년 전에 왔던 모습 그대로였다. 그때는 도서실 준공식에 참석하기 위해서였다. 당선되고 찾아갔을 때, 학교에서 도서실을 지어 달라는 요청을 받았었다. 도교육청 담당자에게 위도초등학교의 긴의를 이야기하고 현장에 다녀오도록 했다. 담당자는 학교를 방문하고 돌아와서 그런 작은 학교에 굳이 도서실을 만들어야 하느냐는 표정을 지었다. 그럴 땐 어쩔 수 없이 지시를 내릴 수밖에 없다. 인근에 도서관도 문화 시설도 없는 이런 작은 학교야말로 관련 공간이 절실하지 않겠는가. 도서관을 짓고, 식생활관을 리모델링하라고 했다. 이왕 하는 거, 대충 손대지 말고 철저하게 해달라고 당부했다.

내가 교육감직을 수행하면서 주력했던 것이 아이들 먹는 것과 독서였다. 하나는 신체를 살찌우고 다른 하나는 정신을 살찌운다는 생각 때문이었다. 그래서 외딴 섬의 아주 조그마한 학교라도 도서관과 급식 문제는 어떻게든 해결하려 했다.

도서관 내부는 소박했다. 학부모들도 이곳에서 책을 빌려 간다고 했다. 아이들 손때가 묻은 책은 보기만 해도 마음이 뿌듯해진다. 잠시 후 도서관에서 안도현 시인의 특별한 문학 수업이 이뤄졌다. 토요일 방과 후 학교에 나온 아이들이 그 대상이었다. 선생님들도 아이들 옆에 나란히 앉았다.

안도현 시인은 시를 쓰는 데 필요한 열쇠 말 두 개를 제시했다. '자세히 보아라'와 '다른 사람과 다른 생각을 하라'였다. 그냥 '자세히' 보아서는 안 되고 '자세~~~히' 보아야 한다고 말하자, 아이들이 까르르 웃었다. 그러면서 안 시인은 〈국수가 라면에게〉라는 동시를 예로 들었다. 한 줄의 짧은 시다.

너, 언제 미용실 가서 파마 했니?

한 시간이 채 안 되는 짧은 시간의 특강이었다. 그러나 내용은 매우 강렬했다. 중·고등학교 시절 이런 강의를 들었더라면 나도 시를 썼겠다, 그런 생각이 절로 들었다. 왜 진작 이런 교육을 못 받았을까, 왜 이제야 이 나이 먹어서 저 말을 듣게 되는가, 그런 생각도 들었다. 이런 걸 시적 충격이라고 해야 하나?

김 저는 중·고등학교 다닐 때 국어 수업 시간이 극과 극이었어요. 선생님이 재미있으면 하루하루가 기다려지고, 선생님이 재미없으면 졸음이 왔죠. 시에 대해서는 "시는 이런 거야"라고 수업을 받은 기억이 별로 없습니다.

안 저도 국어 선생님을 많이 만나다 보면, 시험 때문에 어쩔 수 없이 시를 분석하고 갈기갈기 찢어서 가르칠 수밖에 없다고 말씀하시거든요. 제가 보기에는 선생님들이 '시'라는 조기 한 마리를 늘 익숙한 솜씨로 잘 바르기는 해요. 다만 아쉬운 것이 조기만 바를 줄 안다는 거예요. 다른 생선을 가지고 가면 잘 바를 줄 모르는 거예요. 그러니까 저는 문학 교사는 아이들한테 맛있는 생선, 맛있는 시를 많이 찾아본 다음에 그 시를 아이들에게 먹여야 하는데, 오로지 교과서에 나오는 시만 잘 발라서 먹이려고 하니까 받아먹는 아이들 입장에서도 시를 별로 재미있어 하지 않는 것 같아요.

김 저도 그랬던 것 같습니다. 사람도 생명체도 끊임없는 변화가 없으면 힘을 잃고 자신의 존재의 빛도 자꾸 약해지는 것 같아요. 지금 교육감을 하고 있지만, 성격이 유사한 강의나 특강을 진행하는데도 제 입에서 같은 말을 두세 번 하면 나 자신에게 굉장히 질리더라구요. 나 지금 뭐 하는 건가, 이런 생각도 들구요.

안 시에서는 되풀이하는 말을 '동어 반복'이라고 하죠. 습작생

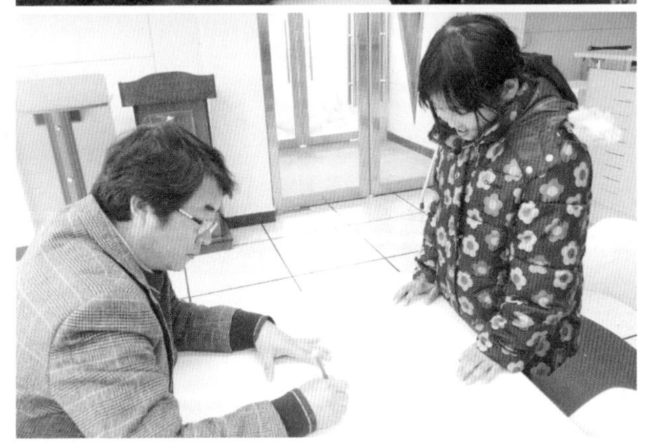

위도초등학교에서 아이들과 함께.

이 이 시에 썼던 말을 저 시에 또 쓰고. 결국 자기 시를 늘 베끼는 거거든요. 일상이 다람쥐 쳇바퀴 돌듯 똑같이 가면 재미없거든요. 제가 교직에 있었을 때 가장 힘들었던 게 늘 똑같은 교과서를 가지고 해마다 똑같은 학년의 수업을 하고 반마다 똑같은 수업을 해야 하는 것이었습니다. 수업 방식을 조금이라도 바꾸고 교사 스스로가 즐겁고 변화돼야만 비로소 아이들이 바뀌더라구요. 교사가 늘 하던 대로 45분이나 50분 수업 마치고 똑같이 교단에서 내려오면 교실의 아이들도 똑같이 재미없어 합니다.

김 교사들에게 시 교육을 위한 팁을 준다면요?

안 우선은 선생님들이 대학을 다니시면서 시를 많이 접한 경험이 별로 없습니다. 교과서라는 텍스트를 어떻게 아이들에게 잘 전달해 줄 수 있을까, 라는 고민만 해왔지요. 국어과라면 선생님들이 시를 고르는 눈, 그 능력 하나는 꼭 갖췄으면 좋겠어요. 가령, 이런 것이죠. 엄마가 맛있는 것을 먹어 보며 우리 자식에게 먹이고 싶은 마음이 생기는 것처럼 우리 선생님들이 시를 다양하게 접할 수 있는 프로그램이나 채널 등을 마련해 보면 어떨까 합니다.

김 아이들 앞에서 선생님 스스로가 시를 백 개 정도 읊을 수 있게 외우도록 하는 것은 어떤가요? (웃음)

안 설마 그걸 강제로 하시는 건 아니시죠? (웃음) 어떤 퇴직 교장선생님 이야기를 해드릴게요. 그분은 이렇게 했어요. 한 해에 그 학교 아이들이 외웠으면 싶은 시를 해마다 한 50편씩 제시해 주는

위도초등학교 선생님들과 함께.

거예요. 아이들이 그 유인물을 가지고 있다 보면 계속 보게 될 것 아닙니까. 아이가 시를 외우게 되면 교장실로 오라고 했대요. 그리고 교장선생님 앞에서 시를 낭송하면 칭찬도 하고 짧게 상담도 하고 선물로 볼펜도 줬답니다. 그게 참 재미있었습니다. 많은 사람들이 국어 시간에 이런 경험이 있을 거예요. 무조건 외워라. 그리고 숙제 검사를 받듯이 시를 외웠지요. 물론 시 한 편도 외우지 않았다가 외우게 되면 쉽게 잊어 버리지는 않겠지만, 그 시를 외우기 위해서 끙끙댔던 시간들이 있지 않습니까. 재미있었습니까? 재미없었지요. 외우는 걸 시키기 전에 선생님들부터 시를 많이 읽었으면 좋겠어요. 그러다 보면, 와 이거 재미있네, 하면서 아이들에게 자연스레 전달이 되는, 그런 분위기가 만들어져야지요.

김 야구 선수들에게 중요한 게 타자의 경우 선구안이잖아요. 그런 식으로 따지자면, 선시안(選詩眼)이 있어야겠네요.

안 맞습니다. 바로 그것입니다. 선시안. 시를 고르는 눈. 마치 과일 가게에 가서 좋은 과일을 고르는 눈하고 똑같은 거거든요.

김 사실 배움이라는 것에 희열을 느낄 수 있어야 할 텐데요. 자라나는 아이들이 어제까지 몰랐던 시를 알게 되고, 또 물속에 빠져들 듯이 그 시 속에 푹 빠져들고, "먼 훗날 당신이 찾으시면 그때에 내 말이 잊었노라"(김소월의 시 〈먼훗날〉 첫 연에 나오는 말) 이러면서 멋도 느끼고. 내 삶을 늘 윤기 있게 만들 수 있는 게 많이 있겠지만 그중에서도 시가 그런 것 아니겠어요?

안 교육감님께서 법학자에서 문학자로 전향 선언을 하고 계시는 것 같습니다. (웃음) 교육감님 요즈음 강연 가면 시를 많이 낭송하고 다니신다는 소문이 자자하던데요. 원래 교육감을 맡기 전에도 시 낭송을 많이 하고 다니셨나요?

김 대학에서 헌법 강의 하다가 시 낭송하면 학생들이 이상하게 생각했겠죠. (웃음) 사실 처음 시 낭송을 하게 된 계기는 2012년 교과부의 학교폭력 사실 학생부 기재 거부 건 때문입니다. 전북교육청이 교과부와 견해를 달리하자 두 차례의 강도 높은 감사가 이뤄졌죠. 그럼에도 불구하고 학교 현장에서는 감사반의 온갖 협박에도 굴하지 않고 꿋꿋하게 버텼습니다. 저로서는 너무 감동이었구요. 동시에 이분들께 무척 미안했습니다. 그래서 나의 미안한 마음을 진지하게 말로 표현해야겠는데 내가 알고 있는 그 어떤 언어를 사용해도 그게 안 될 것 같다는 생각이 들었습니다. 그러다 문득 시로 표현하면 혹시 그 마음을 받아줄까, 그런 생각이 들더군요. 그 시점에 마침 도교육청에서 석 달에 한 번씩 여는 직원 조회라는 공식적인 자리가 있었습니다. 그 자리에서 직원들을 향해 낭송했던 시가 바로 윤동주의 〈별 헤는 밤〉이었습니다.

안 그러니까 교육부의 탄압으로 인해서 시를 낭송하게 된 거네요. 참 좋은 경험이셨습니다. 저는 국어 교사를 하면서 〈별 헤는 밤〉을 가르치기도 했고, 시를 쓰는 시인인데도 그 시를 외우지 못합니다. (웃음)

골방에서 광장으로

우리 두 사람은 전공이 판이하게 다르다. 안도현 시인은 국어국문학 중에서 시학을 했고, 나는 법학 중에서도 헌법을 전공했다. 성격이 굉장히 다를 것 같지만, 파고들어 가면 맨 마지막에는 공통적으로 보이는 존재가 있다. 바로 인간이다. 그 점에서 문학과 법학은 결코 서로 먼 거리에 있는 것이 아니다. 상호 유기적이다.

지난 이명박 정부 때부터 정권의 행동방식이 굉장히 거칠어졌다. 말로는 민주주의를 외치는데, 그 모습은 민주적인 모습이 아니었다. 민주주의는 표현과 사유의 다양성을 최대한 존중하는 것이다. 그런데 민주주의의 시계가 자꾸 거꾸로 가는 듯하다. 안도현 시인도 나처럼 정권과 다른 입장에서 다른 말을 했다고 해서 재판을 받고 있다. 슈테판 츠바이크는 《다른 의견을 가질 권리》라는 책에서 '정신적 독재(geistliche Diktatur)'라는 표현을 썼다. 전체주의로의 퇴보. 나의 눈에 지금 우리 시대의 현장은 그렇게 읽힌다. 그렇다면 시인의 눈에 비친 현 시대의 상황은 어떨까 궁금했다.

김 요새 안도현 시인께서 고초 아닌 고초를 겪고 계십니다.

절필 선언마저 하셨는데요. 시인이 처음 시를 썼을 때, 그러니까 20대 무렵이었겠죠? 그 당시 시인에게 시란 어떤 의미였는지 궁금합니다.

안 일단 재판과 관련해서는 교육감님께서 저보다 훨씬 선배이시니까 잘 따라 배우겠습니다. (웃음) 제가 습작기였던 이삼십 대까지의 그 과정은 시를 어떻게 하면 골방에서 공동체가 있는 광장으로 이끌어 낼 수 있을까, 라는 고민이 주를 이뤘습니다. 시를 골방에다만 두면 바람도 안 통하고 곰팡이만 필 테니까 말이죠.

그렇다고 제 시가 오로지 광장 한가운데만 지키고 있었던 것 같지는 않구요. 광장 한복판으로 갔을 때가 제가 해직 교사 시절이었던 것 같습니다. 그래서 골방과 광장 사이에서 팽팽하게 긴장할 때 좋은 시가 나오지 않을까 하는 작은 해답을 얻었구요.

지난 민주 정부 10여 년은 시인이 시를 광장으로 데리고 갈 필요가 없었던 시절이었죠. 민주화의 진전이나 남북 화해의 분위기가 시보다도 현실에서 더 빨랐다고 봅니다. 시인이 시대와 현실에 대해 발언하는 게 오히려 민망한 시기였지요. 그런데 이명박 정부 시절, 수십 년 동안 피와 땀으로 쌓았던 민주주의가 고속 후진하는 것을 보았고, 현재 박근혜 정부는 초특급 울트라 고속 후진을 하고 있잖아요.

시를 쓰는 사람이지만, 정권을 교체하는 일에 내 몸을 잠시 집어넣을 필요도 있겠구나 하고 생각해 문재인 캠프에도 잠깐 발을 들여 놨던 거지요.

요즘 박근혜 정부를 보면서 시인들이 옛날 역할을 다시 해야 되겠구나, 라는 것을 절실하게 느끼고 있습니다. 교육감님도 재판을

받으면서 억울하다는 생각을 여러 차례 하셨을 것 같은데, 저도 너무 억울한 거예요. 지금 저에게 진행되고 있는 재판이라는 게.

시를 30년 넘게 썼는데 시로 대항하고 저항하는 게 아니라, 시를 쓰지 않는 것으로 저항하는 방법도 있겠구나, 박근혜 정부 아래에서는 시를 단 한 편도 쓰지 않겠다, 그래서 지금 잠시 시인 휴업 중인 상태입니다.

김 절필 선언을 하기 위해서는 안도현 시인을 기다리는 수많은 사람들과의 합의가 필요하지 않았을까요?

안 아, 그건 전제가 박근혜 정부 때는 쓰지 않겠다는 것이거든요. 그러니까 박근혜 정부가 끝나면 쓰겠다는 겁니다. 하지만 이 스산한 시절이 언제 끝날지 모르는 거죠. 임기를 채울지 못 채울지. 그건 국민들이 판단하고 행동해야 하는 거구요. 제 역량으로 될 수 있는 일이 아니라고 봅니다. 그렇다고 교육감님 역량으로 될 수 있는 것도 아니고. (웃음) 하늘의 뜻이겠지요. 그러나 이런 전제가 사라지면 저는 내일이라도 쓸 겁니다.

김 박근혜 정부의 통치 방식을 한마디로 표현하면 공포정치 아니겠습니까.

안 저도 같은 생각입니다. 아버지 박정희 대통령 시절에는 정적을 없애기 위해서 정보기관을 이용해 잡아서 고문하고 체포하고 감옥에 넣었지요. 그 시절이 다시 되풀이되고 있다는 생각을 떨칠 수가 없습니다.

나는 교수 시절, 유신 시대의 몇몇 사건들을 가리켜 검찰 살인이자 사법 살인이라는 표현을 사용했다. 초기에는 나를 알고 있는 많은 사람들이 이 표현이 너무 격하다는 반응을 보였다. 하지만 지금 이 표현은 널리 사용되고 있다. 검찰 살인과 사법 살인의 대표적인 사례가 인혁당 사건이다.

인혁당 사건은 1974년에 발생했다. 그해 4월 3일 박정희 대통령은 민청학련이라는 불법단체가 반국가적 불순세력의 조종을 받아 인민혁명을 획책하고 있다고 발표했다. 그 후 도예종, 여정남 등의 반체제인사 8명은 중앙정보부, 검찰, 법원으로 이어지는 수사와 재판을 받고 대법원에서 최종적으로 사형 판결을 받았다. 이들은 당시 3선 개헌 반대와 민주수호국민협의회의 활동에 주도적인 역할을 해온 사람들이었다. 1975년 4월 9일, 판결이 확정된 후 18시간 만에 전격적으로 사형 집행이 이뤄졌다. 당시 스위스에 본부를 둔 국제법학자협회는 이날을 가리켜 '사법 암흑의 날'이라고 명명했다.

안 박정희 대통령의 딸인 박근혜 대통령은 결과는 비슷한데 방식이 아주 교묘해졌지요. 이른바 국정원 댓글 사건이라고 하는 것도 그게 그냥 국정원 직원들이 어떤 의견을 부각시키기 위해서 댓글 몇 개 다는 게 아니거든요. 그건 뭐라고 할까요, 여론 조작 아닙니까. 대선에 정보기관이 개입해 국민들의 머리와 정신과 판단을 바꾸겠다는 것이거든요. 당장 총이나 칼이나 몽둥이 같은 폭력 수단이 아니지만, 국민들의 생각 자체를 바꾸려는 것, 이것 또한 엄청난 폭력이라는 생각이 듭니다.

김 SNS를 철저하게 정치 무기화 했다고 할 수 있을까요?

안 그렇게 볼 수도 있겠지요. 저도 트위터를 작년 봄부터 하고 있는데요. 젊은 층이 SNS를 많이 활용을 하지요. 그런데 이미 기존의 많은 언론들은 친정부적 성향으로 돌아섰구요. 장악되지 않은 마지막 최후의 보루가 바로 SNS라고 생각했을 겁니다. 이 부분을 국가 정보기관들이 개입해 국민들의 정신을 한번 뒤집어보려고 용의주도하게 계획해서 실행한 사건이지요. 불공정한 대선이라는 말을 듣지 않기 위해서라도 박근혜 대통령의 결단이 필요해 보입니다.

김 이 부분에 대해 교육감으로서 우려하는 것이 있습니다. 우리 아이들의 눈에 비친 어른들의 세계는 어른들 그들만의 세계가 아니라 아이들의 의식 형성, 아이들의 학습 등에 즉각적이고 직접적으로 영향을 끼칩니다. 그래서 어른들은 자신들의 삶을 잘 살아야 되거든요. 아이들이 보고 배우니까요. 그런데 최근 우리 사회를 보면 민주주의를 앞에 내세우면서 반칙이 횡행하고 그것이 일반화되고 우격다짐 식으로 정당화되고 있습니다. 이런 것 자체가 우리 아이들의 민주시민으로서의 의식 성장이라든가, 건강한 인격 형성에 치명적인 해악을 끼치고 있지 않나 싶어요. 이런 생각을 하면 마음이 참으로 착잡해집니다.

안 네, 공감합니다. 우리 초등학교 아이들이 반장 선거라는 것을 하는데, 이것도 뒤에서 반칙을 해도 당선만 하면 되는구나, 라는 걸 아이들한테 가르치는 결과가 되지 않을까, 답답한 생각이 듭니다. 민주주의라는 게 입장을 달리하는 사람들의 비판을 귀담아듣고, 또 토론하고 그 다음에 서로 협의해서 결정을 이끌어 내는 게 아주 기초적인 과정인데요. 불행하게도 이게 현재 우리 사회에서 안 된다는 거죠.

김 결과가 모든 것을 정당화시킨다는 것.

안 그렇죠. 이 정부에서 주장하는 게 그거죠. 또 결과에 대해서 의문을 제기하면 불복이네, 뭐네 하면서 입을 막고 윽박지르기에 급급하잖아요.

김 네, 수상하고 안타까운 시대입니다.

학교 밖으로 나왔다. 겨울이라 그런지 해가 짧았다. 우리의 발걸음이 석양을 품은 바닷가로 향했다. 파도가 출렁일 때마다 수면은 붉고 노랗게 반짝거렸다. 겨울 바다라고는 하지만 불어오는 바닷바람이 그다지 차갑지는 않았다.

시인의 말, "귀를 크게 여세요"

이명박 정부 시절, 선거에 뛰어들어 교육감에 당선이 되고 교육감직을 수행한 지 어언 4년이 되어간다. 그 사이 MB 정부는 막을 내렸고, 새 정부가 들어섰다. 그 시간이 나에게는 결코 짧지 않았다. 평소 삶의 좌우명이 '여한이 없이 살자'였는데, 그렇게 해왔나, 돌이켜본다. 지킬 것은 지키려 노력했다. 나름대로 치열하게 살았다. 지난 세월을 묵묵히 옆에서 지켜봐 온 입장에서 안 시인은 나에게 어떤 기대와 평가를 하고 있을까, 자못 궁금해졌다.

김 지난 선거를 치를 때 선거본부 대변인이셨습니다. 이 시점에서 평가를 한번 받아보고 싶습니다.

안 사실 교육계라는 곳이 어떤 집단보다 보수적인 집단이죠. 교육계에 있어 보수적인 생각을 가지고 있던 사람들에게는 김승환 교육감이 잔잔한 호수에 돌덩이를 떨어뜨려 평지풍파를 일으켰다고 생각할 수 있어요. 새롭게 바꾸려면 저 멀리 보이는 수평선도 무너뜨려야 되죠. 교육감님께서 잘하신 것은요, 굳어 있고 천편일률적이고 권위주의적인 교육계의 질서를 확 뒤집었다는 것입니

다. 아무나 할 수 없는 일이죠. 교육감이 책임져야 하는 인사와 예산만 놓고 보더라도 이 직책은 참으로 막중한 자리라고 할 수 있지요. 그럼에도 일선 학교의 선생님이나 학생들이 나와 눈높이를 맞추어서 이야기할 수 있는 분이 김승환이구나, 하고 느끼기 시작한 건 참 좋은 일 같아요. 특히나 초등학생들에게 굉장히 인기가 많은 것으로 알고 있는데, 저로서는 부럽습니다. (웃음)

그러나 한편으로는 소통이 잘되지 않고 있다고 지적하는 분들도 계십니다. 전북 교육의 변화를 제대로 따라가지 못하거나, 현재의 변화를 이해하지 못하는 분들, 특히 아예 처음부터 변화하고 싶지 않은 분들이 쉽게 인정하지 못하는 것 같습니다. 교육 가족과의 소통, 도민과의 소통에 문제는 없었나요?

김 소통이 완벽했다고 자평할 수는 없을 것 같습니다. 교육계에는 내부 소통, 외부 소통이 있지요. 내부 소통을 이야기하자면, 지금까지 교육 정책을 말할 때 교육의 출발점인 아이들은 다른 쪽에 빼두고 이야기를 해왔잖아요. 하지만 저는 무엇보다 아이들과의 소통이 제일 중요하다고 생각했습니다. 매 순간마다 우리 아이들이나 학부모와 대화를 꾸준히 했다고 생각합니다. 일선 학교 교사들이 볼멘 목소리로 "교육감이 너무 전교조 편 아니냐" 이런 말을 하기도 하고, "전교조 아니면 장학사 못한다는데" 이런 말도 나오고 있다는 걸 잘 알고 있습니다. 그런데 또 교육 행정직들에게서는 "교육감은 너무 교사들 편 아니냐", "일반직과 기능직은 도외시하고 차별적으로 대하는 거 아니냐" 그런 불만의 소리들도 있다는 것을 잘 압니다. 그리고 이런 이야기들이 근거 없이 나온 건 아닐 거라고 생각합니다.

교육계 외부를 보면, 정치권, 언론계, 지역 사회가 있습니다. 그게 사실 어려웠습니다. 정치권과의 전통적인 소통 방식은 체질적으로 맞지 않았거든요. 그 세계는 전통처럼 굳어져 온 어울림의 방식이 있었습니다. 그런데 저는 술도 잘 못 마시죠, 골프도 못 치죠, 테니스도 못 치지요. 게다가 밤 11시면 잠을 자야 하는데, 이 분야에 계신 분들 중 밤 11시에 잠을 자는 사람은 거의 없더라구요. (웃음)

안 저도 지역 신문을 꼼꼼히 보는데, 왜 유독 김승환 교육감에 대해서만 날을 세울까, 오래전부터 의구심이 들었어요. 단순한 소통의 문제가 아니라 기존의 관계, 교육청과 언론사와의 관계 설정에 문제가 발생한 건 아닌가 싶은데요. 어찌 되었건 교육감님은 전북의 교육계 수장이고 그런 말이 들리면 어떤 방식으로든 조금씩 먼저 해소해 가야 하는데, '김승환' 하면 너무 부딪혀 가는 이미지가 강하거든요. 그 부딪침들을 잘 스며들게 만드는 일이 앞으로 하셔야 될 일이 아닐까 생각돼요.

특히 혁신학교를 살려서 거기에 대폭 힘을 실어 준 것, 학생인권조례를 선포한 것은 가장 큰 공이라 생각됩니다. 그러나 학부모나 일반인들에게 이 부분이 잘 홍보가 안 된 것 같구요. 더러 사실마저 왜곡되어 알려지는 부분도 있는 것 같습니다. 없는 실적을 부풀려 홍보하라는 것이 아니구요. 일반 대중에게 진행되는 교육 정책과 앞으로의 방향을 제대로 알리는 소통 작업은 꼭 필요하다 봅니다. 그리고 이에 대한 대중의 생각도 정확히 짚어 가면서 정책 수립에 반영을 해야죠. 지금도 잘하고 계시지만, 그래도 늘 유념하셨으면 합니다. 그래야 밀실 행정, 독단 행정이라는 말이 안 나옵니다.

김 법학 교수 시절부터 민주적 공동체에서 언론이 얼마나 중요한지는 뼈저리게 알고 있었습니다. 대학에서도 그걸 강조하는 글을 써왔구요. 그런데 막상 현장에서 만난 언론은 또 달랐습니다. 앞서 말씀드렸다시피, 이 분야에서도 전통적인 소통 방식은 제게 체질적으로 안 맞았지요. 그러나 언론과의 소통을 건강하게 정상화하는 것은 꼭 필요한 일이구요, 해결해야 할 숙제입니다. 대중에게 정책을 제대로 알리고 의견을 수렴하는 일은 늘 염두에 두고 있습니다.

아, 이런 고언들을 듣고 있으면 또 자기를 돌아보는 계기가 됩니다. 제가 짧다면 짧고 길다면 긴 여정 속에서 많이 배웠습니다.

안 저와의 여정이 마지막이죠? 그동안의 여행은 어떠셨나요?

김 앞서 다섯 분과 함께했었습니다. 서길원 교장선생님과는 학교 혁신에 대해 깊은 교감을 했구요. 박재동 화백과는 교육의 본질에 대해 이야길 나눴습니다. 한홍구 교수와는 변화와 개혁의 역사를, 정혜신 박사와는 가슴 아픈 우리 학교 현장을 짚어 보았고요. 안경환 전 국가인권위원장과는 우리 사회 인권의 현주소를 점검해 봤습니다. 각기 다른 분야에서 활동을 하고 계시지만 공통점을 하나 발견했는데요, 다섯 분 모두 사회 변화를 자신의 책무로 받아 안고 살아가시는 분들이더군요. 제 옆에 서 계신 안도현 시인께서도 그렇고요.

안 만나고 오신 분들의 면면을 보니 시대적 공감을 얻고 있는 분들인 것 같습니다. 뭘 좀 얻으셨을 것 같은데요. 그분들이 던져

주신 말씀 보따리를 좀 풀어봐 주시죠. (웃음) 맨 처음 만난 분이 서길원 교장선생님이죠? 아무래도 같은 길을 가는 입장에서 도움이 많이 되었을 것 같습니다.

김 네, 맞습니다. 대한민국에서 혁신학교를 말할 때 그분을 빼고서는 말하기가 어려울 정도지요. 많은 이야기를 나눴는데, 그 중에서도 가슴에 내리꽂혔던 말이 있습니다. "나의 독설이 남에게 상처가 되었을 수도 있다"라는 것입니다. 교육감인 저도 한자리에 앉아 많은 말을 하는 위치이지 않습니까. 서길원 교장선생님께서 먼저 고백하셨을 때 저도 변화를 일깨우기 위함이라지만 '아, 나의 독설이 누군가에게는 상처로 남을 수 있겠구나'라는 생각을 했습니다. 또 하나는 "교육의 중심 가치는 사람"이라는 것입니다. 저 또한 이 말에 100% 공감합니다. 서길원 교장선생님이 그 자리에서 제안했던 것이 있습니다. 전북 교육의 새로운 이정표를 "인간 교육의 장으로서 전북 교육, 그것이 행복 교육이다"로 잡았으면 어떻겠냐는 것이었습니다. 이것이야말로 전북 교육이 또한 바라는 것 아니겠습니까.

안 그렇지요. 이걸 현실로 실현해 내기가 결코 쉬운 것은 아니죠. 최규호 전임 교육감 시절을 상기해 보십시오. 불과 4년이 채 안 된 시점입니다. 승진을 위한 뇌물, 촌지 문화 등 금권 중심의 혼탁한 환경에서 사람 중심 교육이라는 게 가능할 수 없었다고 봅니다. 다행히 '껌 한 통도 주고받지 말라'는 교육감님의 청렴함에 이런 문제는 많이 해결된 듯합니다.

이제 남은 것은 교사들의 마음 잡기가 아닌가 싶습니다. 교사들의 눈이 오롯이 아이들을 향하도록 하는 것, 그 시선이 아이들의 눈높이로 내려오도록 하는 것, 여기에 대해서 더 치열하게 고민하셨으면 합니다.

김 네, 꼭 그러겠습니다. 그 다음에 만난 분이 박재동 화백이었는데, 박재동 화백을 만났을 때는 청주 수암골 벽화마을을 함께 갔었습니다. 가난하고 쇠락했던 동네가 그림 하나로 아름다워지고 새로운 활기를 띠어 가는 모습을 봤습니다. 창의성이라는 것이 무에서 유를 창출할 수 있는 능력이라는 데 많이 공감했습니다. 교육이라는 것이 아이들이 가지고 있는 고유의 창의성과 영성을 일깨우는 작업이 되어야 할 텐데요. 우리 교육의 현실은 조금 전에 안 시인님께서도 말씀하셨던 것처럼 교육을 받을수록, 지식을 집어넣을수록 자신의 언어를 잃어 버리게 되는 구조를 가지고 있습니다. 그렇다면 이렇게 닫힌 구조를 열린 구조로, 아이들에게 지식을 집어넣는 것이 아니라 스스로 개성을 발현해 내도록 하기 위해서는 어떤 환경이 필요할까, 라는 화두를 잡은 느낌이었습니다.

안 잘하고 계시지 않습니까. 그동안 혁신학교라는 큰 틀을 마련했으니 이제는 좀 더 판을 넓혀서 촘촘하고 세부적으로 챙기면 될 듯싶습니다. 또 어떤 분을 만나셨나요?

김 네, 잘 알겠습니다. 세 번째 여정으로는 한홍구 교수와 정읍의 보천교 유적지와 동학농민기념관을 걸었습니다. 2014년은 갑오년인데요. 새 세상을 열고자 했던 민중의 열망이 분출했던 동학혁명이 일어난 지 120주년이 되는 해이기도 합니다. 그러고 보니

안 시인님과 동학혁명의 인연도 꽤 깊은 것 같습니다. 등단을 〈서울로 가는 전봉준〉이라는 시로 하지 않으셨습니까. (웃음) 역사학자 한홍구 교수의 말씀 중에 "역사는 공부하는 것이 아니다, 살아가는 것이다, 그리고 우리가 역사의 주인으로서 수동적으로 끌려가는 타자가 아니라 우리가 주체적으로 선택하고 만드는 것이다"라는 말씀이 오래 귓가를 울리고 있습니다.

안 절묘한 시기에 좋은 말씀 들으셨네요. 특히나 권력을 가진 상층부가 포용과 상생보다는 무력으로 대중을 제압하고 이들의 목소리에 귀 기울이지 않는 시대라면 더더욱 대중의 역할, 국민 개개인의 역할이 엄중해지는 거죠. 더구나 2014년 6월이면 국민에 의해 상층부의 판이 새로 짜여지는 시기 아니겠습니까. 깨어 있는 국민의 역할이 그 어느 때보다 중요해지는 시점입니다.

한편으로는 교육감님께서 추진하시는 개혁과 변화의 시도에 교육 권력자들의 저항도 만만치 않았다고 봅니다. 대표적인 게 학생인권조례라고 보는데요. 우여곡절이 참 많았습니다. 그렇지요?

김 맞습니다. 안경환 전 국가인권위원장님을 만난 것도 사실 그 이야기를 여쭤 보고 싶었기 때문입니다. 어렵사리 제정하긴 했는데 학교 현장에서 인권 감수성을 일깨우는 작업이 정말 만만치 않더라구요. 그래서 안경환 전 국가인권위원장님께 한 수 배우고 싶었습니다. 더불어 동종업계 선배로부터 응원도 받고 싶었구요.

안 많은 위로가 되던가요?

김 선망했던 길을 먼저 가보신 분께 말씀을 듣는다는 것 자체가 가슴을 벅차게 했습니다. 정권은 짧고 인권은 영원하다는 말씀, 교육의 목표는 민주시민을 길러내는 것이라는 점, 또 공직에 임하는 자세 등 많은 것들을 듣고 새기게 됐습니다. 재미있었던 것이 '고독'을 푸는 방법이었습니다. 서로 너무도 많이 공감이 되었지요.

이런 홀가분한 느낌은 안경환 위원장님을 만났을 때만은 아니었습니다. 사실 여행 전에 제가 잘 썼던 단어가 '절대 고독'이란 단어였는데요. 여행을 하고 나서, 요즘에는 제가 많이 웃습니다. 그동안 '내가 많이 지쳐 있지 않았는가?' 하는 생각을 많이 했던 것 같기도 합니다.

그런데 정혜신 박사를 만나서는 그 부분이 상당 부분 해소됐습니다. 이분을 만나기 위해 '내마음보고서'라는 마음 들여다보기를

했는데요. 당시 제가 가장 염려했던 게 스트레스 지수였습니다. 결과를 보니 '괜찮다'였습니다. 그 뒤로 자신감도 더 생기구요. 같은 일상인데도 마음의 여유가 생겼습니다. 기회가 되시면 안도현 시인님도 한번 해보십시오.

안 좋은 경험을 하셨네요. 조직의 리더가 자기 성찰을 해본다는 것이 흔치 않다고 보는데요. 앞으로도 내 마음 들여다보기, 또 나아가 타인과 마음 나누기도 지속적으로 해보셨으면 하네요.

김 정혜신 박사는 우리 학교 현장의 병폐를 우리 사회의 폭력적인 역사와 연결을 지었습니다. 따라서 학교폭력을 바라보는 관점도 좀 더 근원의 근원까지 살펴봐야 한다고 했습니다. 그러면서 '상처 입은 교사를 돕자'며 해결책도 제시해 주시더군요. 더 인상적이었던 것은 '교육감에게도 엄마가 필요하다'였습니다. (웃음)

안 교육감에게도 엄마가 필요하다, 아빠는 필요 없대요? (웃음) 학교 현장을 정상화하기 위해 이를 선하게 돕는 조직이란 또 한편으로 사회적 연대를 이야기하는 것은 아닐까 싶습니다. 이 부분은 저 또한 정혜신 박사님의 견해에 전적으로 공감하구요. '연대와 소통'이라는 부분은 교육감님께서 매우 진지하게 고민해 보시면 좋겠습니다. 아니 아예 혼자 고민하지 마시고, 그 고민을 두루두루 많은 분들과 나누는 방법을 생각해 보십시오.

김 이렇게 제가 들었던 것을 안도현 시인님과 공유하게 되니 경청의 성과가 꽤 좋았던 것 같습니다. 이제 정말 마지막으로요.

전북 교육이 이런 방향으로 가면 어떻겠는가, 하는 시인님의 그림을 한번 들어보고 싶습니다.

안 교육감님이 더 잘 아시겠지만, 그동안 딱딱하게 굳어 있던 교육계의 분위기를 굉장히 순화시키고 선생님과 학생들, 선생님과 학부모들의 관계들이 서로 눈높이를 맞추게 한 것으로 교육감님이 이미 그림을 잘 그렸다고 생각을 하구요. 그것 말고 제가 한 칸을 그려 낸다면 이렇습니다. 전라북도는 경제적인 것으로 따지자면, 다른 도에 비해 도세가 약하지 않습니까. 인구수도 그렇고요. 저는 결국은 70년대 개발독재 시대에 개발로부터 소외된 결과가 이건데, 그렇다고 해서 이 소외를 계속 이야기하는 것은 옳지 않다고 생각하구요. 저는 개발되지 않았기 때문에 오히려 역으로 우리가 가지고 있는 자산이 있는 것 같습니다.

조상들로부터 물려받은 자연환경이랄지, 혹은 역사적으로 전라북도가 나라 전체를 이끌었던 큰 사건이 많이 있습니다. 동학농민혁명이랄지, 그러한 테마에 좀 더 집중을 했으면 좋겠어요. 그래서 내가 살고 있는 이곳이, 내가 공부하고 있는 이곳이, 내가 발 딛고 있는 이곳이, 다른 곳에 견주어도 남부럽지 않은 곳이라는 자부심으로 나타나도록 말이지요. 가까운 것에 중요한 것이 있다는 것을 어떤 식으로든 우리 아이들한테 말해 주고 귀띔해 주는 교육이 필요한 것 같습니다. 우리가 지역 교육, 특화 교육, 특성화 교육 이런 말을 하는데요. 결국 그게 이런 의미인 것 같습니다.

그리고 기왕 전북 교육계를 이끄는 책무를 가진 교육감님께 마지막으로 당부하고 싶은 것이 있습니다. 교육감님이 변화와 개혁의 선두에 계신다고 생각을 하니까요. 앞으로도 귀를 더 크게 여십시오. 귀를 크게 열어야 말할 수 있는 자격이 있거든요. 귀를 크게 여시고 더 대범하게 앞장을 섰으면 좋겠어요. 앞으로는 선두에 계시되 귀도 굉장히 큰 교육감이 되시길 부탁드립니다. 귀를 키우다 보면 뭐 임기와 상관없이 하실 일들이 많이 있으리라 봅니다.

김 네, 고맙습니다.

바다 위에 떠 있던 해가 완전히 저물었다. 어둠 속에 잠길 줄 알았던 바다는, 어느새 떠올라 있는 달빛을 받아 은빛 물결로 바뀌어 있었다. 만월이었다.

그래. 그랬었다. 안도현 시인도 교육감으로서의 김승환에게 뭔가 아쉬움이 있었다. 만남의 마지막에 반복적으로 나에게 했던 말이 "귀를 더 크게 열라"였다. 지금까지 의식적으로 그리고 최대한 귀를 열어 왔다고 생각했는데, 아마도 다른 사람의 시각에서 볼 때는, 특히 나와 전북 교육에 진정한 애착을 가지고 있는 사람들의 관점에서는 그게 아니었나 보다. 그래, 좀 더 진지하게 반성적 자세로 귀를 열어 보자.

안도현 시인도 말하지 않았나. 내가 딱딱하게 굳어 있던 전북 교육계의 분위기를 많이 부드럽게 했고, 교육 공동체 구성원들이 서로 눈높이를 맞추게 했다고 평가하지 않았나.

평소에 누가 하는 일에 쉽게 점수를 주지 않는 안도현 시인의 입에서 이 정도의 말이 나온 것으로 나는 안도의 한숨을 쉬었다. 그리고 귀를 더 크게 열면 된다. 그렇게 하자!

위도2어민

너에게 묻는다

안도현

연탄재 함부로 발로 차지 마라
너는
누구에게 한번이라도 뜨거운 사람이었느냐

안도현 시인은 우석대학교 문예창작학과 교수로 재직하고 있다. 저서로 《연어》, 《외롭고 높고 쓸쓸한》, 《네가 보고 싶어서 바람이 불었다》, 《가슴으로 쓰고 손끝으로도 써라》 등이 있다.

모두가 소통을 이야기한다. 통즉불통(通卽不痛), 통하면 아프지 않다. 《동의보감》에 쓰인 글귀는 이렇듯 오묘하다.

어떤 이는 불통을 자랑스러워하기도 한다. 그 떳떳함에 되레 보는 이의 낯이 화끈거린다. 불통즉통(不通卽痛), 통하지 않으면 아프다. 권력자가 불통을 자랑스러워하는 시대, 국민의 고통은 그만큼 비례적이다.

120년 전 그해, 농민들 역시도 그토록 고통받았을 것이다. 2주갑(周甲)의 세월 동안 조금 풍요로워진 물질 외에는 별반 달라진 것이 없다는 느닷없는 깨침이, 핏빛이 배인 황토현에서 아우성처럼 사무쳐 왔다. 한홍구 교수님은 그 사무치는 아우성에다 대고 두 '다리'로 디뎌야만 하는 오늘의 흔들리지 않는 역동을 화답해 주었다. 그에게서 '역사는 언제나 오늘'이라는 고마운 가르침을 받는다.

천지사방 이만한 울창(鬱蒼)을 보여 주는 길이 또 있을까.

진안 모래재 메타세콰이어의 가로수 길에는 생명의 푸르른 찬미보다 '차라리 질긴 목숨 줄'이라는 120년 전 농민의 한숨 섞인 결기가 호흡하는 듯했다.

그 길 위에서 서길원 교장선생님은 '본질을 저해하는 낡은 관행의 청산'이 혁신이라는 강한 의지와 더불어 교사와 아이들에 대한 애정이 담뿍 담긴 '가슴'을 보여 주었다. 교장선생님의 선한 미소에는 답을 찾아가는 이의 자신감이 맺혀 있었다.

청주 수암골 벽화마을. 물받이통을 타고 오르는 재크와 콩나무의 기발함, 꽃으로 치장한 호랑이의 의외의 아름다움, 재기발랄한 그림이 가득한 길을 같이 거닐면서 박재동 화백은 은발의 파안대소를 쉼 없이 흘려 주었다. 스러져가는 달동네, 허물어진 담장, 아예 지붕조차 사라져 버린 집의 벽에도, 이끼가 잔뜩 낀 가난하고 찌그러진 계단 위에도, 회색의 우울함보다는 소박한 간절함이 원색으로 채색되어 있었다.

거기 모든 그림에 아이들의 손길 닿지 않은 것이 없다 한다. 과연 창의의 '손'은 공간에 기울지 않는다.

하여 누군가 말했던가……. 모든 인간은 숫제 한 마리 상처 입은 짐승. 치유되지 않은 상처를 가진 자는 곧 다른 이에게 칼이 된다는 정혜신 박사의 지론이 부러 평안을 가장했던 맘속 수면을 할퀴고 지나간다.

사람 중심의 차별 없는 치유와 나눔의 순환을 강조하는 정 박사는 인간에 대한 깊은 애정과 상처받은 개인, 상처받은 사회의 심층까지 헤아릴 수 있는 '심안(心眼)'을 보여 주었다. 선명한 각인이 될 것이다.

그러고 보면 '오른 눈에 박힌 탄(彈)'만큼 아찔하고 무너져 내릴 듯한 각인이 또 어디 있으랴. '여전히 살아 있는 청년'의 주검, 그 주검으로부터 시작된 민주주의의 비장함을 증언하는 남원 금지면 김주열 묘역, 숭엄한 그 자리에서 안경환 전 국가인권위원장은 '청년의 삶'과 '삶의 청년'을 설파하였다. 인권과 민주주의는 인류 보편의 가치이며 언제나 과정으로 존재하는 것이라는 철학을 갖고 계신 위원장은 빛나는 퇴임사를 통해 품격 있는 울분을 토로하였다.

인권과 민주주의에 대한 단순명료한 확신, 전체주의에 대한 확고한 대항의지, 그 형형한 '눈빛'을 지닌 분과는 법의 길을 앞서 걸어가고 있는 선배로서보다는, 어깨를 겯고 어느 길이든 같이 갈 수 있기를 감히 바란다.

썰물이 되면 치도리로 걸어 들어갈 수 있는 갯벌(장벌)이 벌판처럼 내려다보이는 위도초등학교, 몇 해 전 나에게 '예상치 못했던 시작'이 시작되었을 때 나는 가장 먼저 이곳을 찾았다.

그리고 나는 다시 여기에 왔다. 개인적으로 하나의 시기가 다해가고 있으니, 공직자의 수구초심(首丘初心)이라고 할 만하다. 이번에는 그저 보기만 해도 좋은 사람 안도현 시인과 함께였다. 시인은 자세히 들여다보아야 말할 수 있음을 읊조려 주었다.

함께 길동무가 되어준 모든 분들께 감사하다.

이제야 나는 비로소 '귀를 열고 말하는 법'을 배운 듯하다.

서해의 바람은 풍경을 완상하는 선선함보다는 부산한 삶을 일으키는 서늘한 깨우침이다. 나그네는 이마에 그 깨우침의 바람을 맞고서야 돌아선다.

여기까지 왔던 나의 길은 바로 여기서부터 다시 시작될 것이다.